「ゆ、雄也くううぅん……！」

葵はバスタオルを巻いていなかった。

風呂上がりの彼女の裸体が、俺の眼前にある。

ふっくらした大きな胸は、微かに残る湯気で上手く隠れている。

しかし、可愛らしいおへそや、くっきりしたくびれは丸見えだった。

天江雄也 [Yuya Amae]
社会人三年目のくたびれサラリーマンな主人公。
同棲中の葵と清く正しくお付き合い中。
白鳥葵 [Aoi Shiratori]
雄也のお嫁さん志望な美少女JK。人を頼るのが少し苦手。
正式な彼氏となった雄也の世話を焼くのが趣味。

宮前慎吾 [Shingo Miyamae]
葵の同級生で瑠美の彼氏。
一見、穏やかな雰囲気の少年だが――？
神辺瑠美 [Rumi Kanbe]
葵の友人でノリの良いギャル系美少女JK。
雄也にもフレンドリーに接してくる。

「雄也くんは時々えっちです。めっ、ですよ？」

……葵の着ている小悪魔メイド衣装は端的に言ってエロい。

スカートとニーソックスの間にある、剥き出しの白い太もも。

さらにはガーターベルトのおまけ付き。

その組み合わせは男を惑わす反則コンボでしかない。

くたびれサラリーマンな俺、7年ぶりに再会した美少女JKと同棲を始める2

上村夏樹

HJ文庫
1104

口絵・本文イラスト　Parum

Contents

Kutabire Salaryman na Ore,
7nenburi ni Saikai shita Bishojo JK to
Dosei wo Hajimeru

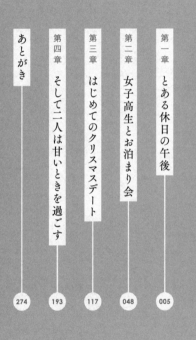

第一章　とある休日の午後

社員旅行から数日が経《た》った。

あの旅行以来、葵《あおい》は俺《おれ》に遠慮《えんりょ》する頻度《ひんど》が減った。自分のやりたいことを主張してくれるし、よく甘《あま》えるようになったと思う。

たとえば、昨晩のことである。

俺は葵と部屋でくつろいでいた。

学校での出来事を楽しそうに話す葵を見ていると、こちらも自然と笑顔《えがお》になる。俺は時間を忘れて彼女《かのじょ》とおしゃべりした。

気づけば時刻は午後十時。翌日も仕事があるので、もう寝《ね》なければいけない。

寝室《しんしつ》に向かおうとすると、葵は俺の服の裾《すそ》を引っ張ってきた。

不思議に思い、訳を聞くと、

「あと五分だけ、お話ししませんか？　その……もっと一緒《いっしょ》にいたいです」

葵は照れくさそうにそう言った。

パジャマ姿の年下婚約者《こんやくしゃ》に可愛《かわい》くおねだりされ、断れる男がいるだろうか。情けない話だが、俺には無理だった。楽しいおしゃべりタイムは、そのまま延長戦に突入《とつにゅう》したのである。

結局、その後は三十分ほどおしゃべりに付き合った。葵が「あと五分だけ」を何度もおねだりしてきたからだ。

甘えてくれるのは嬉《うれ》しいけど……俺は毎日たじたじだ。

十一月下旬《げじゅん》。とある日曜日の夕方。

エプロン姿の葵は得意気に胸を張り、キッチンに立っている。その隣《となり》にいる俺もまたエプロン姿だ。

「雄也《ゆうや》くん。手は洗いましたね？」

「はい、葵先生。ばっちりです」

「よろしいです」

小さくうなずき、微笑《ほほえ》む葵。今日はいつも以上にご機嫌《きげん》だ。

俺が葵のことを「先生」と呼んだのには理由がある。これからカレーの作り方を教わるからだ。

今まで俺はほとんど自炊《じすい》をしないで暮らしてきた。最近、少しずつ料理をするようにはなったものの、葵の料理の腕前《うでまえ》には程遠《ほどとお》い。今日は葵にいろいろ教えてもらい、料理スキルの向上を目指そうと思う。

「雄也くん。エプロン姿、似合ってますよ」

「そうかな？　まだエプロンに着られている感じが否《いな》めないけど……」

「ふふっ。スーツ姿に比べたら見慣れませんからね……あっ。紐《ひも》がねじれています」

葵は俺の着ているエプロンの肩紐《かたひも》に手を伸《の》ばした。

ねじれた紐をそっと正すと、呆《あき》れたように「ふぅ」とため息をつく。

「んもう。だらしないのはいけませんよ？」

「面目《めんぼく》ない……」

「まったく。雄也くんは私がそばにいないと、だめだめなんですから」

葵はむすっとして半眼で俺を睨《にら》んでいる。

私がそばにいないと駄目《だめ》って……無自覚なんだろうけど、もうすっかりお嫁《よめ》さんの立ち位置だ。

「まあ婚約者だから将来的にはそうなんだけどさ……」

「何の話ですか？」

「いや。こっちの話」

「はあ。よくわかりませんが……ところで、どうして急に『一緒に料理をしよう』なんて言い出したんですか？」

「ああ。それは……」

「もしかして、私の家事の負担を減らすために料理を覚える……とか考えていませんか？」

たしかにそれもある。

葵は学業と家事を両立させているんだ。俺だって仕事と家事を両立させて、少しでも葵に楽をさせてあげたいと思うのは当たり前のことだ。

だけど、もう一つ大事な理由がある。

「なんていうかさ。俺が葵の料理を食べて幸せな気持ちになるように、葵のことも俺の料理で幸せにしたいって思ったんだよね」

少々照れくさいけど、これが本音だ。葵が喜ぶことは、何でもしてあげたいと思うから。

葵は恥《は》ずかしそうにエプロンの裾をいじり始めた。

「どうかしたの？　俺、なんか変なこと言った？」

「……急にそういうこと言うの、反則です」

「反則って。じゃあ、いつならいいの？」

「知りません。ばか」

葵は顔を赤くしてそっぽを向いてしまった。照れ隠《かく》しの「ばか」が発動したので、きっと怒《おこ》ってはいないと思う。

「そういうわけで料理を覚えたいんだ。今日はよろしくね、葵先生」

「もう……仕方ありませんね。厳しく指導しますよ？　私、鬼《おに》教官ですから」

「鬼教官⁉　お、お手柔《てやわ》らかにね……」

「ふふっ、冗談《じょうだん》です。では、最初にカレーの食材を用意しましょう」

葵の指示に従い、牛肉や玉ねぎ、じゃがいもなど、必要な食材を用意した。

「雄也くん。じゃがいもを切ってみてください。まず皮をむきましょう」

「うん、わかった」

教わりながらピーラーで皮をむく。

葵いわく、包丁の扱《あつか》いに自信がなければ、ピーラーのほうが安全かつ速いとのこと。このピーラーは、じゃがいもの芽が取れる「耳」もついていて便利だ。

「次は乱切り……食べやすいサイズに切ってください。包丁の取り扱いには気をつけてくださいね」

「了解《りょうかい》。やってみるよ」

包丁を握《にぎ》り、もう片方の手でじゃがいもを押《お》さえる。当たり前だけど、葵に比べるとぎこちなさが目立つ。

「包丁の扱い方、こうで合ってる？」

「うーん。なんだか危なっかしいですね。指を切ったら大変です」

「その言い方、うちの母さんとそっくりだ」

俺が冗談を言っている隙《すき》に、葵は俺の背後に移動した。

そして、俺にハグするかのようにくっつき、体を当ててくる。

「えっと……葵？」

「危ないですから動かないでください」

くすぐったくて、おもわず身震《みぶる》いした。背中に感じる胸の柔《やわ》らかさが、否応《いやおう》なく心拍数《しんぱくすう》を上昇《じょうしょう》させていく。

急にどうした？　包丁を扱っているときに甘えられても困るんだが。

「雄也くんの知らないこと……私が体で教えてあげます」

「ちょ、何を教える気⁉」

慌《あわ》てて振《ふ》り向くと、葵はきょとんとした顔をしている。

「え？　何って料理の話ですけど」

「あっ……包丁の使い方を手取り足取りレクチャーしてくれるって意味ね」

「それ以外ありますか？」

　葵は「ふふっ。今日の雄也くんはちょっと変です」と笑っている。変なのはそっちだ。紛《まぎ》らわしい言い方をしないでほしい。

　安堵《あんど》した直後、包丁を握る俺の手に葵が触《ふ》れる。

「いいですか？　じゃがいもはこうやって切るんです……そうです。よくできました。えらいですよ、雄也くん」

「むっ。さては俺を子ども扱いしているな？」

「ふふっ。いつもされているから仕返しです」

　軽口を交わし合いながら、必要な食材を切っていく。

　こうして葵と一緒に料理するの、すごく楽しい。先日、生姜焼《しょうがや》きを一人で作ったときも悪くなかったが、二人だと幸福度が全然違《ちが》う。

　こんなにくっついて料理をするなんて、まるで……。

「なんだかおうちデートしているみたいだね」

　感想をそのまま伝えると、葵の手が止まった。

「おうちデート……ですか？」

「うん。俺たちは同居からスタートしているでしょ？　だから、おうちデートっていう概《がい》念《ねん》が希《き》薄《はく》だなぁって。こういうの、新鮮《しんせん》でよくない？」

「たしかにそうですね。おうちデート、憧《あこが》れちゃうかもです」

ぽつりとつぶやき、俺から離《はな》れる葵。

何事かと思い、俺は包丁を置いて彼女に向き合った。

「葵？　どうしたの？」

「その……お願いがあるのですが」

葵は胸の辺りで両手の指をつんつんしながら上目づかいで俺を見た。普《ふ》段《だん》はマシュマロのように白い頬《ほお》が林檎《りんご》みたいに赤く染まっている。

「……逆も、してみたいです」

「えっ？」

「彼氏《かれし》に教わるバージョンもやってみたいです……だめ？」

つまり、俺たちの立ち位置を逆転させるってこと……？

俺は料理初心者だ。お嫁さんスキルMAXの葵に教えられることなんて何もない。

ということは、葵はただ『おうちデートのシチュエーション』を楽しみたいだけなのだろう。

「あの……やっぱり子どもっぽいでしょうか？」

「そんなことないよ。葵のこと、一人の女性として見ているって前に言ったでしょ？」

「……ありがとうございます」

葵は、はにかみつつ礼を言った。

「子どもっぽい自覚はあるんです。でも、雄也くんといるときは安心するから、つい甘えてしまって」

「そ、そっか……」

特に照れる様子もなく、葵はそう言った。もはや恒例《こうれい》となりつつある、無自覚のデレである。

葵の背後に立ち、そっと体を寄せてピタッとくっつく。彼女の体温が伝わってきて、なんだか落ち着かない。

「雄也くん……恥ずかしいです」

「そうだね。やめる？」

「むぅ。やめたら拗《す》ねちゃいますからね。意地悪しないでください……ばか」

新婚《しんこん》さんもビックリな甘えぶりである。鬼教官という設定など、もうすっかり忘れているようだ。

葵は今、どんな顔をしているのだろうか。

気になった俺は彼女の顔を覗《のぞ》きこんだ。

「あの……雄也くん？」

「料理、教えることないからさ。おしゃべりしながら調理しようと思って」

「だからって、こんなに顔を近づけなくてもいいじゃないですかぁ……！」

真っ赤な顔した葵は「ううー」と唸《うな》りながら、俺をそっと押し退《の》けた。

「……私の負けです。勘弁《かんべん》してください」

「いつ勝負になったの？」

「知りません。ばか」

肩《かた》を叩《たた》かれ、ぼすっという可愛い音がした。

照れる様子がおかしくて、つい笑ってしまう。

「あはは。葵は照れ隠しが苦手だね」

「もう！　いいから料理の続きをしますよ！」

ぷりぷり怒る葵をなだめつつ、カレー作りを再開した。葵に教わりながら人参《にんじん》などの具材を切っていく。

「雄也くん。鍋《なべ》にサラダ油を入れてから具材を入れてください。肉に焼き目がついて、玉ねぎがしんなりするまで炒《いた》めましょう」

「わかった。ルウは最後でいいの？」

「はい。次に水を注ぎ、沸騰《ふっとう》したらあくを取ります。ルウはそのあとですね」

「わかった」

葵の指示どおりにテキパキ料理を進めていく。

ルウが溶《と》け切ると、刺激的《しげきてき》な香辛料《こうしんりょう》の香りが湯気とともに立ち昇《のぼ》った。

「味見をしてみましょうか」

葵はスプーンを取り出してカレーをすくった。

そして、それを俺の口許《くちもと》に運んでくる。

「あーん、してください」

「えっ？　なんで急に甘えて……」

「……嫌《いや》ですか？」

しょぼーん、とする葵。眉《まゆ》が垂れ下がり、つまらなそうな顔をしている。

ズルい。そんな顔をされたら嫌とは言えないじゃないか。

狼狽《うろた》えていると、葵はめげずに再度スプーンを近づけてきた。

「雄也くん。はい、あーん」

「あ、あーん……」

ぱくっ、とスプーンをくわえる。

口の中で濃厚《のうこう》なカレーの味が広がっていった。わずかに遅《おく》れて、香辛料の刺激《しげき》がピリッとくる。

「お味はどうですか？」

「うん。すごく美味《おい》しいよ」

「ほっ……よかったですね、雄也くん。合格です」

葵は穏《おだ》やかな笑《え》みを浮《う》かべ、片手で丸をつくってみせた。

「葵の教え方が上手《うま》かったからだよ」

「そんなことありません。そもそも、カレーはそんなに難しくないですから」

「でも、教え方が上手だったのは間違《まちが》いないって。さすが先生だ」

「ほ、褒《ほ》めすぎです。ばか」

「あはは。葵も味見してみなよ。すごく美味しいから」

提案すると、葵は持っていたスプーンを俺に差し出した。何故《なぜ》かそっぽを向き、黙《だま》っている。

「葵？」

「つーん、です」

「えっと……もしかして、あーんしてほしいの？」

「……はい。お願いします」

葵は照れくさそうに笑った。どうやらおうちデートはまだ続くらしい。

スプーンを受け取り、葵の口許にカレーを運びながら、ふと思う。

……これって間接キスだよな。

さすがに俺は間接キスでドキドキするような年齢《ねんれい》ではない。

しかし、初心な葵は違うはず。もしかして、気づいていないのだろうか。

ふと葵と目が合う。彼女は不思議そうに首を傾《かし》げた。

「雄也くん。どうかしました？」

「あ、いや。スプーン替えたほうがいい？」

余計な心配かと思いつつも尋《たず》ねてみた。

ようやく葵も俺の配慮《はいりょ》に気づいたらしく、顔が一気に赤くなる。

「べ、べつに間接キスくらい平気ですっ！」

ぎゅっと目をつむり、スプーンをはむっ、とくわえる葵。そのままスプーンから顔を離し、ごくんと飲《の》み込《こ》んだ。

葵は両手で顔を挟《はさ》み、「うー」とうめいている。

「どう？　美味しい？」

「……恥ずかしくて味がよくわかりません」

弱々しい声でそう答え、しゃがみこんでしまった。

葵はだんだんと遠慮しなくなってきた。自分のやりたいことを主張したり、甘えてくることも多い。

それはとても嬉しい変化で、俺たちの関係が良好な証でもある。

可愛くて。世話焼きで。でも、ちょっぴり甘えんぼで寂《さみ》しがり屋《や》。そんな素敵《すてき》な彼女と、こうして幸せな生活を送っている。

もしかしたら、こんな悩《なや》みは贅沢《ぜいたく》なのだろうか。

年下の婚約者が、可愛すぎて困るんだが。

「あはは……大丈夫《だいじょうぶ》？」

惚気《のろけ》まくりの感想を抱《いだ》きつつ、声をかけるのだった。

◆

その日の夕食後のことである。

カレーを食べ終え、しばらく談笑《だんしょう》した後、俺は席を立った。

「洗い物は俺がやっとくよ。葵はのんびりしてて?」

「えっ? ですが……」

「平日は学校と家事で忙《いそが》しいんだ。休みの日くらい、ゆっくりしてよ。いつもありがとね」

「もう……そういうところです。雄也くんのばか」

「どうしてそこで馬鹿なんだ」

「ふふっ。わからないならいいです」

葵は楽しそうに笑った。

照れ隠しの「ばか」ではなかった気がするけど……まあ喜んでいるみたいだからいいか。

「雄也くん。お言葉に甘えちゃってもいいんですか?」

「うん。先にお風呂《ふろ》でも入ってくつろいでよ」

「はい。ありがとうございます」

そう言い残し、葵は着替《きが》えを持って脱衣所《だついじょ》へ向かった。

「さて。食器を片付ける前に、と」

ポケットからスマホを取り出し、電話帳アプリを起動した。葵の母親である涼子《りょうこ》おばさんのページを開き、通話をタップする。

葵と一緒に暮らし始めてから、涼子おばさんとは定期的に連絡《れんらく》を取っている。俺と葵の近況《きんきょう》報告のためだ。

現在、涼子おばさんはオーストラリアに長期出張中だ。日本との時差は約一時間。さほど時間帯を気にせず電話できるのは都合がいい。

数回のコール音のあと、涼子おばさんの弾《はず》んだ声が聞こえた。

『もしもし、雄也くん。元気にしてるー？』

「はい。俺も葵も元気です。涼子おばさんはどうですか？」

『元気もりもりよぉ。葵は昨日電話をくれたけど、雄也くんの声は聞けなかったから嬉しいわぁ。ところで、あの子は今何してるの？』

「お風呂に入ってます」

『あらー。雄也くんは一緒じゃなくて大丈夫？』

「どうして二人で風呂に入るんですか！」

涼子おばさんには俺たちの関係はすでに報告済みだ。だからといって、娘《むすめ》と風呂に入るように仕向けるのはおかしいだろ。

『あなたたち、もう婚約《こんやく》したんでしょう？　ならお風呂でイチャつくくらい、いいじゃない。親公認よ？　大チャンスね！』

「ノーチャンスだよ⁉　駄目に決まっているでしょう！」

俺だって男なんだ。風呂場《ふろば》でさっきみたいに甘えられてみろ。理性が揺《ゆ》らぐかもしれないじゃないか。

「俺は葵のこと、大切に思っていますから。少なくとも、葵が高校生のうちは手を出しませんよ」

『……そう。ふふっ、雄也くんらしいわね』

スマホ越《ご》しに聞こえたのは、先ほどまでのからかう調子の声ではない。優《やさ》しい母親の声だ。

『雄也くんがそういう真面目で誠実な性格だからこそ、私は安心して葵を預けたの。やっぱり私の目に狂《くる》いはなかったわ』

安心して葵を預けた。

その言葉が心にずしりと重くのしかかる。

涼子おばさんにとって、葵は大切な一人娘《ひとりむすめ》。どんなに仕事で忙しくても、可能な限り葵のそばにいて、たくさん愛情を注いで彼女を育てた。

そんな可愛い娘を預けるほど信頼《しんらい》してもらっているのに、その気持ちを裏切るわけにはいかない。これからも清いお付き合いを続けていかなくては。

『雄也くん。葵のこと、よろしくね』

「は、はい！　必ず二人で幸せになります！」

『あらあらぁ。お熱いのねぇ、うふふ』

涼子おばさんの笑い声は、普段の悪ふざけしているときの声に戻《もど》っていた。真面目な話が終わり、ふっと気が緩《ゆる》む。

『というわけで、まずは一緒の湯船で幸せに――』

「入らないって言いましたよねぇ⁉」

『婚約したなら未成年でも大人の関係よ。おばさん、応援《おうえん》しちゃう！』

涼子おばさんの『んふー。んふー』という荒《あら》い息づかいが聞こえる。

清いお付き合いを心に誓《ちか》った瞬間《しゅんかん》に誘惑《ゆうわく》してくるの、勘弁してください。相手はあなたの娘ですよ？

その後、からかわれながらも近況報告を終え、通話を切った。

「まったく。涼子おばさんには敵《かな》わないな……」

さて。葵が風呂から上がってくる前に洗い物を済ませておくか。

食器を洗いながら、先ほどの電話の内容について考える。

もしも俺と葵が「大人の関係」になったら、涼子おばさんの信頼を裏切ることになる。それは絶対にあってはならないことだ。

二人でお風呂に入れって言っていたのは、涼子おばさんなりのジョーク。決して真に受けてはならない。もっとも、相手は女子高生なので、親の気持ち以前に倫理的《りんりてき》にアウトではあるが。

「……たまに葵は過剰《かじょう》に甘えてくるからなぁ」

しかも、男をその気にさせるような勘違《かんちが》い発言を無自覚にするときもある。そっち方面の誘惑はすべて断《た》ち切り、大人の対応をしなければ。

食器を片付け、最近購入《こうにゅう》したソファーに腰《こし》を下ろした。テレビのリモコンを手に取り、電源ボタンに触れる。

そのときだった。

「きゃぁぁぁぁー！」

風呂場から悲鳴が聞こえた。

「葵⁉」

な、なんだ？

あんなに大声を出すなんてただ事じゃないぞ。

慌てて飛び上がり、リモコンを放り投げて脱衣所の前まで行く。

ドアを力強くノックする。

どんどんどん！

葵もドアを叩く音に気づいているはずだ。

しかし、返事はない。

「葵！　どうしたんだ！」

「ゆ、雄也くぅぅうん……！」

弱々しい声が返ってきて余計に焦《あせ》る。

葵の身に何が起きたんだ？

もしかしたら、滑《すべ》って転んで立てないのかも……怪我《けが》でもしていたら大変だ！　急いで助けなきゃ！

「入るよ！」

脱衣所のドアを勢いよく開け放つ。

室内はほんのり湯気に包まれていた。

葵は洗濯機《せんたくき》のそばでぷるぷると震《ふる》えている。何が起きたかわからないが、よほど怖《こわ》い目に遭《あ》ったらしい。

「葵！　いったい何があった！　怪我してないか⁉」

「ごごっ、ごごご……！」

「怪我はしてなさそうだな……落ち着いて。どうして悲鳴を上げたか話してくれる？」

「ご、ゴキちゃんがぁぁぁ……！」

「ゴキ……え？」

震える葵が指さす方向に視線を向けると、床《ゆか》に黒光りする物体があった。

脱衣所の奥《おく》へと進み、近づいてみる。

これは……どう見てもゴキブリではない。

俺は黒いそれを拾い上げて葵に見せた。

「これ、黒いプラスチックの破片《はへん》だよ。ゴキブリじゃない」

「……えっ？」

それを見た葵は、ほっと安堵のため息をついた。

「よ、よかったぁぁ……すごく怖い思いをしました」

「あはは。おっちょこちょいだなぁ、葵は」

「もう。からかわないでください。本気で焦ったんですからね？」

「あはは、ごめんごめん……っ！」

和《なご》やかに話していた俺だったが、一気に顔が熱くなる。

先ほどまではパニックだったので気づかなかったけど……冷静になった今、目の前では別の事件が起きていた。

葵はバスタオルを巻いていなかった。

風呂上がりの彼女の裸体《らたい》が、俺の眼前にある。

ふっくらした大きな胸は、微《かす》かに残る湯気で上手く隠れている。しかし、可愛らしいおへそや、くっきりしたくびれは丸見えだった。

視線は濡《ぬ》れたお腹《なか》をなぞるように下へ――って、何まじまじと観察しているんだ俺は！

「雄也くん？　どうかしまし……っ！」

ぼふん、という音を立て、葵の顔が真っ赤に染まる。

「わわっ私、何も着てない……っ！」

「ごめんっ！」

急いで後ろを向き、脱衣所を後にした。

ソファーに腰かける。深呼吸をしても、九九を暗唱しても、脳内に残る葵の裸《はだか》を忘れることができない。

ドアの向こう側からドライヤーの音が聞こえる。葵が髪《かみ》を乾《かわ》かしているのだ。

ふと先ほどの電話の内容を思い出す。

「一緒に風呂入るとか絶対無理だろぉぉぉ……！」

せめてバスタオルを巻いていてくれたら、こんなに悶々《もんもん》としなかったのかもしれない。

今頃《いまごろ》、葵も恥ずかしくて悶《もだ》えているのだろうか。

……などと考えていると、パジャマ姿の葵が俺のそばにやってきた。

風呂あがりのせいか、あるいは裸を見られた恥ずかしさのせいか。定かではないが、頬がほんのり紅潮している。

葵は俺の隣に座《すわ》った。シャンプーの匂《にお》いがふわっと香る。

「雄也くん。お風呂あがりましたよ」

「うん。その、さっきはごめん」

「いえ、そんな。助けてくれてありがとうございました」

「でも、ばっちり見ちゃったし……」

「わ、忘れてください！　ばか！」

葵は俺の肩をぽかぽか叩いた。

忘れろって、それは無理……いや。余計なことを言うのはよそう。ジロジロと見てしまった俺が圧倒的《あっとうてき》に悪い。

「葵。本当にごめんな」

「気にしないでください。あれは事故です。どちらが悪いとかではありません」

「そう言ってもらえると助かるよ」

「……ですが」

葵は俺の腕《うで》にそっと抱きつき、上目づかいで見てきた。柔らかな胸の感触《かんしょく》と、風呂あがりの体温が伝わってきてドキッとする。

「……さすがに見すぎです。えっちなのは感心しませんよ？」

年下の婚約者に可愛く叱《しか》られた。

怒られている立場でありながら、つい頬が緩んでしまう。

「雄也くん。どうして笑っているんですか。さては反省していませんね？」

「ごめん。葵の怒り方が可愛くて、つい」

「むー！　また子ども扱いしています！」

俺の腕に抱きつきながら、くどくど文句を言う葵。そんなところも可愛いのだが、言うとまた「子ども扱いしていますよね⁉」と怒られるからやめておこう。

俺はソファーから立ち上がった。

「さてと。お風呂入ってくるね」

「雄也くん！　まだ話は終わっていませんよ！」

頬をリスみたいにふくらませる葵をなだめてから、脱衣所に向かうのだった。

◆

午後八時を少し回った頃《ころ》。

風呂から出た俺は、一人でソファーに座り、くつろいでいた。

二人でまったりしたい気持ちもあるが、今日はずっと葵と一緒にいる。いくら寂しがり屋の葵でも、プライベートの時間は必要だろう。

そう思っていたのだが、さっきからパジャマ姿の葵が俺の周りをウロウロしている。

……いったい何をしているんだろう。

もしかして、俺に声をかけたいけど遠慮しているとか？　それにしても、妙《みょう》にそわそわしているな……。

「葵。どうしたの？」

「あ、いえ。家事をやっていないと、なんだか落ち着かなくて。何かお手伝いできることはありませんか？」

「ハウスワーカホリックの人、初めて見たな……いや。今は特にないよ」

「そうですか……最近は雄也くんが家事を手伝ってくれるから、やることがないんですよ。少し頑張《がんば》り過ぎです。もう少し暇《ひま》を持て余してください」

まさか家事のやり過ぎで叱られるとは思わなかった。共同生活って難しい。

「葵の仕事量に比べたら、俺《おれ》のやっている家事なんてたいした量じゃないでしょ」

「そんなことありません。雄也くんはお仕事で疲《つか》れているはずなのに、家でも働いて……そうだ！」

葵は、ぽんと手を打った。

「雄也くん。マッサージさせてください」

「マッサージ？」

「はい。デスクワークがメインのお仕事だと、肩がこったりしますよね？」

「俺はそこまでではないかな。最近は規則正しい生活を送っているし、わりと健康だと思う」

「そうですか……残念です」

葵はがっくりと肩を落とし、しょぼーんとしている。そこまで落ち込むこともないだろうに。

うーん。なんだか可哀《かわい》そうに思えてきたな。

「あー……でも、昨日からちょっと肩に違和感《いわかん》があるんだよな。もしかしたら、こっているのかも」

「本当ですか⁉」

「マッサージ、お願いしてもいい？」

「任せてください！　ふふっ、やりました！」

落ち込んでいた葵の表情に花が咲《さ》く。よかった。元気を取り戻してくれたみたいだ。

本当は葵に余計な負担をかけたくない。でも、しょげさせるくらいなら厚意《こうい》に甘《あま》えたほうがいいだろう。

「マッサージ、早速《さっそく》やりましょう」

葵はソファーに座っている俺の後ろに移動した。

彼女《かのじょ》の手が俺の肩に触れる。長い髪がはらりと落ちてきて、俺の頬をくすぐるように掠《かす》めた。

「雄也くん。今夜は私でいっぱい気持ちよくなってくださいね？」

「はいっ⁉」

急に不健全ワードぶっこむのやめて⁉

……落ち着け。葵は少し天然なだけだ。不純な気持ちなんて一切《いっさい》ない。それは知っているけど、「私でいっぱい気持ちよく」なんて言われたら、さすがにいろいろ考えてしまう。悲しいけど、男の性《さが》だ。

「では、いきますよ」

ぐいっ、と肩周りを指圧される。強すぎず、弱くもない適切な力加減だ。肩に生じた心地《ここち》よい痺《しび》れが背中を駆《か》け抜《ぬ》け、体の外に抜けていく感覚。あまり肩はこっていないと思っていたけど、すごく気持ちがいい。

自分でも気づかないうちに疲労《ひろう》が溜《た》まっていたのかも……というか葵、肩揉《かたも》み上手すぎでは？

ちらりと肩越《かたご》しに後ろを見る。葵は目をぎゅっとつむり、体を前後に揺らして力を振り絞《しぼ》っていた。

「葵。そんなに力まなくても平気……っ！」

ぽよん。ぽよん。

葵の前後に揺れる動きに合わせて、大きな胸が俺の頭にバウンドしていた。寄せては返す波のように、柔らかい感触に包まれては解放される。

「うんしょ……んっ……あっ」

しかも、葵の口から漏《も》れる甘ったるい喘《あえ》ぎ声が耳元で囁《ささや》かれている。これでわざとじゃないんだから恐《おそ》ろしい。

「雄也くんっ……どうしましたか……っ！　耳が、真っ赤ですぅ……んっ！」

「へっ⁉　あ、いや！　肩を揉まれて体がぽかぽかしてきたからかなぁ！　肩揉むの、上手だね！」

慌てて誤魔化《ごまか》すと、葵の動きがぴたりと止まった。葵はどこか寂《さび》しそうな笑みを浮かべている。

「肩を揉むの、得意なんです。小さい頃、こうしてよくお母さんの肩を揉んでいたので」

「そっか。涼子おばさんとの思い出なんだね」

「はい。とても喜んでくれました。懐《なつ》かしいです」

「……涼子おばさんに会えなくて寂しい？」

尋ねると、葵は左右に首を振った。

「寂しくないわけではありませんが、いつでも電話でお話しできますから。それに……今は雄也くんがそばにいてくれるから平気です」

葵の悲しい表情が優しい笑顔《えがお》に塗《ぬ》り替《か》えられていく。

母子家庭で育った葵は、幼い頃、よく一人で留守番をしていた。俺と遊んでいても、涼

子おばさんが恋《こい》しくて泣いてしまうこともあったっけ。

……昔から寂しがり屋で甘えんぼだからな。

立ち上がり、葵の頭をそっとなでる。

「もう寂しい思いなんてさせないよ」

「えっ？」

「俺がずっと葵のそばにいるから」

「なっ……！」

葵の頬が一気に赤くなる。目を合わすことさえ恥《は》ずかしいのか、うつむいてしまった。

上唇《うわくちびる》で下唇を隠《かく》し、もじもじしている。

「に、二度目のプロポーズみたいなセリフ言わないでください。ばか」

「そんなに照れなくてもいいのに」

「べつに照れていません」

「でも、顔赤いよ？」

「うー……今日の雄也くんは意地悪です」

葵は俺の肩に頭を乗せ、顔を隠してしまった。真っ赤な耳は隠せていないところが葵らしい。

「……雄也くんのばか」

本日何度目かわからない、葵の「ばか」が発動した。

苦笑《くしょう》しつつ、彼女が満足するまで頭をなでるのだった。

◆

その後、俺たちはソファーに仲良く座り、思い出話に花を咲かせていた。

「葵、覚えてる？　出会って間もない頃、葵の作った泥団子《どろだんご》が砕《くだ》けて泣いちゃったこと」

「し、知りません。過去を捏造《ねつぞう》しないでください」

「俺はちゃんと覚えてるよ。泣きながら『雄也くんより綺麗《きれい》なお団子作りたかったのにい！』って言ってた。幼い頃の葵も可愛《かわい》いかったなぁ」

「もう。昔のことでからかうのはずるいです」

「あはは。からかうつもりじゃなかったんだ。ごめんね」

謝《あやま》りつつ、ちらりと壁掛《かべか》け時計を見る。時刻は夜の十時を過ぎていた。

「そろそろ寝《ね》よっか」

明日は月曜日。もっと葵とまったりしていたい気持ちはあるが、仕事に支障をきたすわけにはいかない。

「そうですね。おやすみなさい、雄也くん……あっ」

ぴろりん、と電子音が聞こえた。葵のスマホの着信音だ。

葵はスマホを手に取った。

操作しているうちに柔《やわ》らかい表情になっていく。

「もしかして、瑠美《るみ》ちゃんから連絡？」

「はい。あの、雄也くんにご相談があるのですが」

「相談？　何かな？」

「瑠美さんに『葵っちの家でお泊まり会しよー！』と提案されたのですが……だめ、ですか？」

おずおずと尋《と》ねる葵が可愛すぎて「いいよ！　ようこそ天江《あまえ》家へ！」と即答《そくとう》しそうになる。

許可してあげたいが……一つだけ問題がある。

瑠美は俺と葵が付き合っていることは知っている。

だが、同棲《どうせい》していることまでは知らない。お泊まり会をすれば、同棲の件は隠せないだろう。

実際に会って交流しているからわかる。瑠美は友達想《おも》いのいい子だ。「葵が社会人と同棲している」なんて言いふらす真似《まね》はしない。でも、リスクを背負うのは事実だ。葵も楽しみにしているだろうし……うーん。大丈夫かな？

考えていると、葵は俺のパジャマの裾《すそ》をくいっと引っ張り、上目づかいで俺を見た。

「雄也くん。もしかして、同棲がバレてしまうことを気にしているんですか？　心配には及《およ》びません。瑠美さんは秘密を口外するような人ではありませんから」

「うん。俺もそう思うよ。瑠美ちゃんは友達想いのいい子だ」

「それに……私、瑠美さんにはバレてもかまいません」

「どういうこと？」

「それは……雄也くんと一緒《いっしょ》に暮らしていること、自慢《じまん》したくて」

「えっ？」

「だ、だって！　瑠美さんがいけないんです！　彼氏《かれし》さんとのラブラブぶりを私に見せつけるから……私たちだってラブラブなのに。ずるいです」

つまり、瑠美に「私と雄也くんはこんなにもラブラブなんです！」って見せつけたい

……そういう意味？

おもわず俺は両手で顔を覆《おお》ってしまった。

なんだよ、その子どもっぽい対抗心《たいこうしん》は。惚気る気満々じゃないか。

「雄也くん。何しているんですか？」

「なんでもない……わかった。お泊まり会してもいいよ」

「ほんとですか⁉」

「うん。でも、呼ぶのは瑠美ちゃんだけだぞ？　それと同棲の件を話していいのも瑠美ちゃんだけ。いいね？」

「はいっ！　ありがとうございます！」

許可すると、葵は嬉《うれ》しそうにスマホをいじり始めた。早速、瑠美に返信しているのだろう。

返信し終えた葵は立ち上がった。

「ふふっ。私と雄也くんが同棲しているって知ったら、瑠美さん羨《うらや》ましがるかもしれませんね」

惚気ている自覚がないのか、無邪気《むじゃき》に笑っている。「おやすみなさい」と言い残し、自分の部屋に入っていった。

俺はソファーの背もたれに体重を預け、天井《てんじょう》を見上げた。

そして、ぽつりと一言。

「……いや可愛すぎ」

駄目《だめ》だ。家で二人きりだと、どうしても惚気てしまう。もしかして、俺って甘えられるのに弱いのか？

……せめて外では大人らしく振《ふ》る舞《ま》わなければ。

そう心に誓い、自室に戻るのだった。

◆

お泊まり会を許可した、翌日のことである。

仕事を終えた俺は、葵の待つ二〇二号室に帰宅した。

「葵。ただいまー」

名前を呼ぶと、部屋の奥からぱたぱたと足音が聞こえてくる。

小走りで玄関《げんかん》に来た葵は笑顔だった。

「おかえりなさい、雄也くん。お勤めご苦労様です」

そう言って、俺の仕事鞄《かばん》を受け取った。すっかりお嫁《よめ》さんの振る舞いである。

「葵もお疲れ様。今日のご飯は何？」

「ふふっ。雄也くんって、帰宅後の第一声がいつもそれですよね」

「俺にとって晩ご飯は一番の楽しみだからね」

「そう言っていただけると私も嬉しいです。ちなみに今日は肉じゃがです」

「おっ、やった！　葵の作る肉じゃが好き！」

「くすっ。なんだか子どもみたいで可愛いです」

普段《ふだん》とは立場が逆転し、子ども扱《あつか》いされてしまった。肉じゃがでテンション上がってもいいじゃないか。美味しいんだから。

あまりにもお腹が空《す》いていたので、晩ご飯を先にいただくことにした。

食事中、葵から瑠美に同棲の件を伝えたことを知らされた。

瑠美は特にツッコミを入れることもなく、葵の話を聞いてくれたらしい。彼女が理解のある優しい子で本当によかった。

……一方、葵は「瑠美さん、すごく羨ましがっていましたよ」と惚気まくりである。まったく。聞いているこっちが恥ずかしかったよ……。

しばらくして、葵のスマホが鳴った。

「あっ。瑠美さんからですね……お泊まり会の日程を決めたいそうです」

「いつにするの？」

「直近だと、来週の土曜日が都合いいみたいです。大丈夫ですか？」

「うん。俺はその日でもかまわないよ」

「わかりました。では、瑠美さんにそう返信しておきますね。お泊まり会、楽しみです」

「そっか。よかったね……」

と、ここで一つ疑問が生じる。

お泊まり会当日、俺は何をしていればいいんだ？

女子高生二人が盛り上がる中、そばにおっさんがいたら邪魔《じゃま》だろう。

その日は部屋にずっとこもるか……いや。部屋にいても、二人に気を遣《つか》わせてしまうかもしれない。

「葵。俺がいると二人が気を遣うだろうから、日中は外出しているよ」

「いけません。瑠美さんがガッカリしちゃいます」

「えっ？」

俺が外出すると、どうして瑠美がガッカリするんだろう。

不思議に思っていると、葵がスマホを見せてきた。

「瑠美さんから来たメッセージ、読んでみてください」

「メッセージ？」

俺は葵のスマホを覗《のぞ》き込《こ》んだ。

『やったぁ！　あたしとー、葵っちとー、雄也さん！　三人で仲良く映画観るじゃん？　そんで夜も三人でパジャマパーティー！　この女子会プランしか勝たん！』


「パジャマパーティー……？」

映画はまだ理解できる。

だが、パジャマパーティーは理解不能だ。俺に女子高生とキャッキャするパジャマ姿のおっさんになれと？　というか、そもそも寝室《しんしつ》は別だからね？

しかも、最後の一文に「女子会」という言葉が入っている。どうやら俺は女子としてカウントされているらしい。できれば、男子扱いしてもらえると助かるんだが……。

「俺、パジャマパーティーはちょっと遠慮《えんりょ》したいかな。夜にパジャマ姿の女子二人と寝室で過ごすのはよくないと思うんだ」

「言われてみれば、たしかに……では、私のほうから瑠美さんにそう伝えておきます。映画は雄也くんも観てくれますよね？」

「かまわないけど、俺がいたら迷惑《めいわく》じゃない？」

「なっ……そんなわけないじゃないですかっ！」

そう言って葵は席を立ち、ぐいっと顔を近づけてきた。俺は気圧《けお》されてしまい、おもわずのけ反る。

葵がここまで声を荒らげるのも珍《めずら》しい。

俺はただただ驚《おどろ》き、真剣《しんけん》な表情の彼女を見つめていた。

「雄也くんは私の婚約者《こんやくしゃ》ですよ？　あなたがそばにいて邪魔な状況《じょうきょう》なんて何一つありません。瑠美さんだって楽しみにしているんですから」

「葵……」

「迷惑だなんて……そんな悲しいこと、言っちゃ駄目です」

葵の言葉がちくりと胸を刺《さ》す。

……ちょっと反省。

迷惑かどうかは俺が独断で決めることじゃない。葵に相談して決めるべきだった。

俺は不安気な表情の葵に微笑《ほほえ》みかけた。

「わかった。お泊まり会は三人で映画を観ようね」

「雄也くん……！」

「勝手に突《つ》っ走ってごめんね。葵の気持ちを聞いてから判断するべきだった」

「ふふっ。いいんですよ。今回は許してあげます」

葵は「ふんふーん♪」と鼻歌を歌いながら、瑠美にメッセージを返信している。お泊まり会、そんなに楽しみにしているのか。

年相応にはしゃぐ葵を見て微笑ましい気持ちになる。

それと同時に、新たな不安が頭の中に生まれていた。

……女子高生のもてなし方がわからないんだが。

葵と再会した日は彼女の好みがわかっていた。だから、苦労せずに紅茶とお菓子《かし》を用意することができた。

だが、今回は状況が異なる。

俺は瑠美の性格は知っていても、好みまでは知らない。どうすれば喜んでもらえるのか、イメージがわかないのだ。

問題はそれだけじゃない。

当日は女子高生二人とずっと一緒にいることになる。間に挟《はさ》まれたおっさんは、いったい何をしていればいいんだ？

普段どおりでいいのか？

だけど、俺は家主だ。何かしらもてなさないといけないぞ？

葵も瑠美もお泊まり会を楽しみにしている。大人として、がっかりさせるわけにはいかない。

「葵。お泊まり会、絶対に成功させような」

「成功……？　よくわからないですけど、楽しみですね」

葵の無邪気な笑顔がまぶしい。

決めた。

瑠美に「また来たい」と思ってもらえるように、精いっぱいもてなそう。

ご機嫌《きげん》な葵を見て、そう思った。

第二章　女子高生とお泊まり会

お泊まり会の日程が決まってから数日が経《た》ち、十二月を迎《むか》えた。クリスマスシーズン到《とう》来《らい》である。

街はイルミネーションで彩《いろど》られ、誰《だれ》もが浮《う》き立《た》つこの季節。普段とは違《ちが》う雰囲気《ふんいき》の街を歩くと「もう一年が終わるんだな」と実感する。

とはいえ、オフィスの光景は何ら変わらない。

年末が繁忙期《はんぼうき》の会社もあるだろうが、ＳＥという職種に定まった繁忙期はない。仕事量や進捗状況《しんちょくじょうきょう》により忙《いそが》しさが決まるからだ。年末であっても、仕事が落ち着いていれば通常営業である。

かくいう俺も普段どおりに仕事をこなしていた。

席を立ち、プログラマーの飯塚《いいづか》さんに声をかける。

「飯塚さん。この間お話しした件ですが、具体的な設計ができましたので、先ほどメールで送りました。明日にでも打ち合わせしましょう」

「はーい。あとで確認《かくにん》しておくね」

飯塚さんは振り返り、片目をつむってウインクした。俺より年上だが、茶目《ちゃめ》っ気《け》のある可愛らしい人だ。

「ところで雄也《ゆうや》くん。何か悩《なや》み事《ごと》でもあるの？」

「えっ？　どうしてですか？」

「最近、声のトーンが少し暗い感じがしてさぁ。お姉さん、そういうのわかっちゃうんだよね」

なはは、と飯塚さんは豪快《ごうかい》に笑った。

悩み事ならある。例のお泊まり会の件だ。

男の俺に女子会の計画は難題だった。色々考えたが、未《いま》だに白紙のままである。

どうもてなせば、葵《あおい》も瑠美《るみ》も喜んでくれるだろうか。

……そうだ。飯塚さんに相談してみようか。男の俺よりも、同性の飯塚さんのほうがいいアイデアが思いつくかもしれない。

「実は週末、俺の部屋に葵が遊びに来るんですよ。でも、どうもてなせばいいかわからなくて……」

俺が葵と一緒に暮らしていることは千鶴《ちづる》さんと瑠美しか知らない。同棲の件や瑠美が遊びに来ることは伏《ふ》せつつ、飯塚さんに悩みを打ち明けた。

「へえー。雄也くんは本当に葵ちゃんと仲がいいねぇ」

「あはは。なんだか懐かれているみたいで……それでご相談なんですけど、女子高生をもてなすアイデアとかないでしょうか？」

「んー？　親戚《しんせき》なんだし、そんなに堅苦《かたくる》しく考えなくても……はぁーん。なるほど、そういうことか」

飯塚さんは意地の悪い笑《え》みを浮《う》かべた。

なんだ、その意味深な笑顔は。

もしかして、嘘《うそ》がバレたか？

「自分に甘えてくれる姪《めい》っ子にたくさん喜んでほしいんだね？　雄也くん、いい叔父《おじ》さんしてるじゃない！」

「え？　ま、まあ俺も姪っ子が可愛いんで。あはは……」

「うんうん。立派だよ」

ばしばしと俺の背中を叩《たた》く飯塚さん。よかった。勝手にいい方向に解釈《かいしゃく》してくれたみたいだ。

「そうだなぁ。女子が喜ぶものを用意したらいいんじゃない？」

「喜ぶもの、ですか……飯塚さんだったら何をもらえたら喜びます？」

「ボーナスかな」

「まさかの現金支給ですか⁉」

「ぬふふ。もらえたら、おぬしも嬉しかろ？」

あごに手を添《そ》えて、キメ顔で言い放つ飯塚さん。女子高生にお金を渡《わた》して家に来てもらったらアウトだと思う。

「それは社会人がもらって喜ぶものでしょ。女子高生を想定してください」

「あははっ、冗談《じょうだん》だってば。うーんとね……甘いものは？　スイーツとかどう？」

「え？　そういうのでいいんですか？」

「いいんだよー。雄也くんは難しく考えすぎ」

「なるほど……ですが、安直すぎませんかね？」

「大丈夫《だいじょうぶ》！　女の子は甘いものが大好きだからね！」

随分《ずいぶん》とざっくりしたアドバイスだな……いや待てよ？

そういえば、瑠美は甘いものが好きなんだっけ。葵が瑠美に買った社員旅行のお土産《みやげ》、プリンだったし。

葵もサプライズケーキを美味《おい》しいって言ってくれたことがある。二人とも甘いものが好きなのは間違《まちが》いなさそうだ。

「飯塚さんの言うとおりかも……スイーツにしてみます。参考になりました」

「でしょ？　葵ちゃん、喜んでくれるといいね。がんばれ、叔父さん！」

「あはは。ありがとうございます」

飯塚さんに礼を言い、自席に戻《もど》る。

肩《かた》の荷が下りた気がして、ほっとため息をつく。

よし。これで方向性は決まったな。

気になっていたケーキ屋が駅の地下街にある。帰りに下見しておこう。

仕事に戻って数分後、離席《りせき》中の千鶴さんが戻ってきた。

普段はシャキッとしているのに、何故《なぜ》か猫背《ねこぜ》気味に歩いている。目も死んでいて、いつもの仕事デキるオーラがまるでない。

「千鶴さん。どうかしたんですか？」

「呪呪呪呪呪呪呪……」

「千鶴さん⁉」

こわっ！　今なんて言ったの⁉

上手《うま》く聞き取れなかったけど、何か恐ろしい言葉をつぶやいていたに違いない……！

「滅滅滅滅滅滅滅滅……やあ、雄也くん」

目が合うと、千鶴さんはかろうじて口角を持ち上げた。なんかもうギリギリの笑顔である。

「それにしても、今日はいい天気だね。こんな日は地下室でカビでも育てたい気分だよ」

「前後の文脈がまったく噛《か》み合ってない……」

よくわからないけど、だいぶ病《や》んでるな……どうした？　悪霊《あくりょう》にでも取り憑《つ》かれたのか？

「あの、何かあったんですか？　俺でよければ話を――」

「聞いてくれるか、雄也くんッ！」

「うわっ！　び、びっくりしたぁ……」

いきなり大声を出さないでほしい。体ビクンってなるから。

それにしても、普段はクールな千鶴さんがこうも取り乱すとは……かなりフラストレーションが溜まっているのかもしれない。

「このあいだ納品した業務用アプリケーションがあるだろ？」

「はい。たしか顧客《こきゃく》と揉めていた件ですよね？」

綿密にヒアリングをしているにもかかわらず、後出しで要望を言ってくる困った顧客だ。

そのせいで、システムの基本設計が二転三転して面倒《めんどう》くさいことになっていた。

「ああ。先日、そこの担当者がまた後出しで要望を言ってきてな。軽微《けいび》な修正で済みそうなのは幸いだが、今日中に再納品しなければならないんだ」

「そんな横暴な……」

あれだけ千鶴さんが懇切丁寧《こんせつていねい》にヒアリングしていたのに、またワガママを言ってきたのか。

「納品後でしょ？　こちらに非はないですし、断れないんですか？」

「文句の一つでも言いたかったんだが、うちの得意先の息子《むすこ》さんが経営している会社らしくてな。上からの命令で無下にもできないんだ」

「社会人の辛《つら》いところですね……理不尽《りふじん》すぎる」

「仕方ないさ。私も会社の看板を背負って働いているからね」

そう言って、千鶴さんは席に座《すわ》り、キーボードをカタカタと打ち始めた。その背中には大人の哀愁《あいしゅう》が漂《ただよ》っている。

「はあ。今日は同窓会があったんだが……」

「え？　同窓会？」

「ああ。五年ぶりに大学時代の友人たちと集まる予定があってね。近況《きんきょう》報告でもしながら酒を飲もうと約束していたんだが……どうやら無理そうだ」

苦笑しつつ、打鍵《だけん》を続ける千鶴さん。普段は見せないその表情は、ちょっぴり落ち込んでいるように見えた。

こんなに弱音を吐《は》く千鶴さんを見たのは初めてかもしれない。それほど今日の同窓会を楽しみにしていたのだろう。

千鶴さんの力になりたい。

同窓会に行って、旧友と楽しくお酒を飲んでほしい。

自然とそんな気持ちがあふれてくる。

「……ちなみに、軽微な修正ってどれくらいなんですか？」

「ん。これくらいだね」

千鶴さんは資料を俺に手渡《てわた》した。目を通してみると、そこには修正する箇所《かしょ》と作業工程が詳《くわ》しく書かれていた。

「この作業量で軽微って……今日中に終わらないですよね？」

「ああ、すまない。言ってなかったね。あとはもう最後の工程だけだよ」

キーボードを叩きながら、千鶴さんはそう言った。

なるほど……「一人で黙々《もくもく》と残業すれば」という条件付きだが、それなら今日中に終わりそうだ。

でも、二人なら？

やや厳しいが、ギリギリ定時で終わらせることができるかもしれない。

俺《おれ》のやり残しているタスクは、顧客訪問時に共有する資料の作成だ。訪問日はまだ先だから、急いで今日中に仕上げる必要はない。

その他に残っている仕事は、日々おこなっているメールの返信くらいだ。予定を変更《へんこう》して、千鶴さんの仕事をサポートしても大丈夫だろう。

「あの、俺に手伝えることはないですか？」

そう申し出ると、千鶴さんはキーボードを叩くのをやめた。こちらに顔を向け、目を見開いている。

「手伝えるって……何を言っている。雄也くんだって忙しいだろう」

「大丈夫です。スケジュールには余裕《よゆう》あるので」

「ふむ……提案はありがたいが、君まで残業させたら葵ちゃんに申し訳ない。遠慮しておくよ」

「いえ。残業はしません」

上司に生意気を言っている自覚はある。

でも、この条件だけは絶対に譲《ゆず》れない。

「俺は千鶴さんに同窓会に行ってほしいから手伝うんです。残業したら間に合わないじゃないですか。定時で終わらせましょう」

力強く言い切ると、千鶴さんは目を瞬《またた》かせた。

「定時に？　君、本気か？」

「もちろんです。俺も全力で手伝うので頑張《がんば》りましょうよ。ね？」

「雄也くん……いや駄目だ。もし終わらなかったら残業だぞ？　葵ちゃんが悲しむよ」

「だったら、なおさら終わらせなきゃいけません」

「なに？」

「葵は学業と家事を両立しているんですよ？　俺が仕事さえ満足にできないようでは、あの子に笑われちゃいます」

今ここで残業したら、くたびれサラリーマンだったあの頃《ころ》に逆戻《ぎゃくもど》りだ。

もうあの頃の俺じゃない。

今の俺は、葵が尊敬してくれた過去の自分になれたはず。

「千鶴さん。絶対に定時で終わらせましょう。同窓会で思い出話でもしながら、浴びるほど酒を飲んでください」

「君ってヤツは……すまない。恩に着る」

「いいんです。いつもは俺が助けてもらっているので、たまには恩返しさせてください」

「……ふふっ。一丁前の口を利《き》くようになったな、こいつっ！」

「うわっ！」

千鶴さんは俺の頭をわしゃわしゃと揉みくちゃにした。

「何するんですか、千鶴さん！」

「ははっ。悪かったよ。部下の成長が嬉しくてついな」

けらけらと楽しそうに笑う千鶴さん。

先ほどまでの曇《くも》った表情はもうどこにもない。

「まったくもう。俺をからかっている場合じゃないですよ？　時間ないんですから」

「ほう。言うようになったな。では、あらためて……雄也くん。手伝ってもらえるかい？」

「もちろんです！」

俺は笑顔で返事をした。

よし。絶対に定時で終わらせるぞ！

「千鶴さん。俺は何をすればいいですか？」

「ちょっと待ってくれ。今から修正箇所を送るよ」

俺は千鶴さんの指示に従い、大急ぎで仕事をこなすのだった。

◆

オフィスのデスク周辺はやけに静かだった。

俺と千鶴さんの間に私語はない。会話は仕事に関する質問と報告だけ。キーボードの打鍵音がいつも以上によく聞こえる。

集中して作業に取り組んだ結果、そろそろ任された仕事も終わりそうだ。

「よし。これで完了《かんりょう》、と」

最後にエンターキーを指で叩く。

忘れていた疲労感《ひろうかん》がどっと押《お》し寄せてきた。椅子《いす》の背にもたれかかり、大きく伸《の》びをする。

ちらりとオフィスの壁掛け時計を見た。

定時十分前か……ギリギリ間に合ったな。これで千鶴さんも同窓会に参加できるだろう。

「千鶴さん。終わりました」

「わかった、確認しよう。問題なければ再納品して完了だ」

しばらくキーボードを叩いたのち、千鶴さんは大きく息を吐いた。安堵《あんど》の表情を浮かべていることが、無事に納品を済ませたことを物語っている。

「はー、終わった。そうだ、時間は……定時ピッタリじゃないか。さすがだな、雄也くん」

「あはは。スリルありましたね」

「ははっ、たしかに。こんな緊張感《きんちょうかん》はもうこりごりだけどね」

苦笑しつつ、千鶴さんは帰り支度《じたく》を始めた。

さて。俺はメールの確認だけして帰ろうかな。作業中、ずっと見られなかったし。

「雄也くん」

受信箱を開いてメールを読んでいると、千鶴さんに声をかけられた。

「今日は本当にありがとう。雄也くんのおかげで同窓会に間に合いそうだ」

「水臭《みずくさ》いですよ、千鶴さん。困ったときはお互《たが》い様じゃないですか……って、俺のほうが頼《たよ》りっぱなしですけど。デキの悪い後輩《こうはい》ですみません」

「そんなことはないさ」

ばんっ、と背中を強く叩かれる。

思いのほか衝撃《しょうげき》が強く、おもわず背筋がピンと伸びた。

「君はもう一人前だ。頼《たの》もしくなったな、雄也くん」

そう言って、千鶴さんは微笑んだ。

緊張した体から力が抜《ぬ》けていく。

憧《あこが》れの上司に褒《ほ》められたら嬉しいに決まっている。俺は唇《くちびる》に力を込めて、ニヤケてしまいそうになるのを必死にこらえた。

「雄也くんは自分が入社したての頃を覚えているか？」

「え？　どうだったかな……」

「誠実で真面目そうな顔つき。口を開けば、やる気だけは一人前。これはいい人材が部下になったなと思ったよ」

「それって、どこにでもいる新入社員のような気がしますけど……」

素朴《そぼく》な疑問を口にすると、千鶴さんは「それは違う」と言って首を振った。

「誠実な者はミスや報告を誤魔化《ごまか》したりしない。真面目な者は努力と感謝の気持ちを忘れない。やる気がある者は向上心がある。雄也くんには、それらすべてが備わっていた。教育しがいのある新卒だと思ったよ」

「ど、どうしたんです？　急に褒めすぎですよ」

「たしかに私らしくないかもしれないな。部下の成長が嬉しくて、つい語ってしまったよ。あははっ」

千鶴さんは珍しく無邪気に笑った。

くたびれていた時期もあったのに、俺のことをずっと見て評価してくれていたんだよな……この人の部下で本当によかった。

「じゃあ、これは覚えているかな？　入社したての頃、雄也くんが開発中のアプリのデータを消してしまったことがあっただろ。バックアップがあるのに『千鶴さん、誠《まこと》に申し訳ございません！』って半泣きで謝《あやま》ってきたよな。あの頃と比べると、だいぶ成長したと思わないか？」

「感動していた矢先にからかってくるのやめてくれます⁉」

やめてくれ。その黒歴史は俺によく効く。

思い出したくもない……あのときは本当に絶望して、心がへし折れそうだった。クビの二文字が脳裏《のうり》をよぎったくらいだぞ。

まあおかげでバックアップの大切さが身に染《し》みたから、今となってはいい思い出かもしれないけど。

「冗談はさておき、雄也くんの実力と頑張りは評価している。今後も期待しているぞ」

「千鶴さん……はい！　頑張ります！」

「いい返事だ。明日から私の仕事をいくつか任せてやろう」

「ありがとうござ……いやいや！　それ千鶴さんが楽をしたいだけですよね⁉」

あっぶね。流れで仕事を押しつけられるところだった。本当に油断ならないな、この人は……。

「ははっ、バレたか。君と飯塚くんは私に手厳しいな」

冗談を言い、千鶴さんは退社した。去り際の「お疲《つか》れ様」の声は弾《はず》んでおり、足取りも普段より軽《かろ》やかな気がする。

その後、メールの返信を済ませた俺はＰＣをシャットダウンした。「お先に失礼します」と周囲に挨拶《あいさつ》をしてオフィスを出る。

駅へと向かう途中《とちゅう》、クリスマスの飾《かざ》り付けをしている飲食店をいくつも見た。すれ違う人々は幸せそうな笑みを浮かべており、年内最後のビッグイベントを前に、誰もが浮き立っている。

クリスマスとは関係ないが、俺もまた浮き立っていた。

仕事も定時で上がれるようになったし、千鶴さんに頼られる存在にもなれた。昔とは違い、家事だってできる。

ねえ、葵。

俺、もうくたびれサラリーマンを卒業できたよね？

心の中でつぶやき、雑踏《ざっとう》を歩く。

「……ケーキ屋、下見しなきゃ」

吐く息が白い。寒さで手がかじかんでいる。もうすっかり冬だ。

賑《にぎ》わう街を抜け、地下街へ続く階段を降りた。

俺の帰りを待つ、婚約者の笑顔《えがお》を思い浮かべながら。

◆

数日が過ぎ、土曜日を迎えた。

部屋の壁掛《かべか》け時計は午後二時を示している。

今日はお泊《と》まり会当日。

俺と葵は瑠美を招く準備の真っ最中だ。

「部屋の掃除《そうじ》はよし、と……雄也くん。あとは何をすればいいでしょうか？」

隣《となり》で葵がそわそわしている。家に同級生の友達を招くのは初めてらしく、緊張しているようだ。

「やはり飾り付けも必要だったでしょうか？」

「あはは。パーティー眼鏡とクラッカーも用意したほうがよかった？」

「もう。またからかって……ふふっ。お泊まり会、楽しみです」

微笑む葵を見て、ふと違和感《いわかん》を覚える。

あれ？　なんだか目がショボショボしているような……？

「もしかして、寝不足《ねぶそく》なの？」

「うっ、バレちゃいましたか……そうなんです。昨晩はなかなか寝付けなくて」

「なるほど。お泊まり会が楽しみで眠《ねむ》れなかったんだ？」

「い、いいじゃないですかぁ！」

「あはは、そんなに怒《おこ》らなくてもいいじゃない」

「だって雄也くん、からかう顔をしています！」

「ごめんって」

むーっ、と拗《す》ねる葵をなだめていると、インターホンが鳴った。

「あっ！　瑠美さんが到着《とうちゃく》したみたいです……こういうとき、どうやってお出迎《でむか》えすればいいのでしょうか？」

葵がおろおろし始めた。

相手は友達なんだから、そんなにテンパらなくてもいいのに。

「落ち着いて。緊張しているなら俺もついていこうか？」

「は、はい。お願いします」

俺たちは二人で玄関《げんかん》に向かった。

静かにドアを開ける。

私服姿の瑠美と目が合うと、彼女《かのじょ》は目を細めて手を振《ふ》った。

「ちすちーす！　お、夫婦《ふうふ》でお出迎え？　仲良しかよー」

「ふ、夫婦っ⁉　ま、まだそんな関係じゃないです……ばか」

葵の顔が真っ赤になった。

「まだそんな関係じゃない」って無自覚に惚気《のろけ》ているけど、学校でもこんな調子なのだろうか。だとしたら、かなり恥《は》ずかしい。

「こんにちは、瑠美ちゃん」

「雄也さん、おひさー。今日はお招きいただき、ありがとうございまーす」

「こちらこそ。外は寒かったでしょ。早くあがって？」

「おー。大人の気遣《きづか》いだ。かっちょいー」

瑠美は「お邪魔します」と言いながら中に入り、ブーツを脱《ぬ》ぐ。

その様子を見ながら、隣で葵がぼそっと一言。

「……私もそれくらいの気遣いできるもん」

唇を尖《とが》らせて、むーと可愛《かわい》く唸《うな》っている。

もしかして、瑠美をもてなす気だったのに、その役目を俺に奪《うば》われて拗ねているとか？

緊張しているみたいだったから、俺がしっかりしようと思ったんだけど……余計なお世話だったかもしれないな。

瑠美を部屋に通すと、彼女は「すご。マジで同棲《どうせい》してんだね」と興味深そうに室内を見回した。

「瑠美ちゃん。今飲み物を用意するから、椅子に座って待っててね。葵の淹《い》れる紅茶はすごく美味しいから期待しててよ」

「マジ？　紅茶って淹れ方で変わるん？」

「うん。同じ茶葉を使っているはずなのに、俺が淹れるよりもずっと美味しいんだ。ね、葵」

「え？　は、はい。お湯の温度としっかり蒸《む》らすのがコツです」

「ほえー、知らんかった。すごいね、葵っち！」

「そんなこと……大げさですよ」

葵は瑠美に褒められて恥ずかしそうにしている。でも、どこか得意気なので満更《まんざら》でもなさそうだ。

「瑠美さんは待っていてください。雄也くん。食器の用意をお願いします」

「わかった」

二人でキッチンに立ち、瑠美をもてなす準備をする。紅茶のカップ、それからケーキ用の皿とフォークを棚《たな》から取り出した。

ケーキは今朝、職場の最寄《もよ》り駅の地下街で購入《こうにゅう》してきた。

二人に用意したのはイチゴをふんだんに使った可愛らしい見た目のケーキだ。アーモンド生地《きじ》と、カスタードにバターを加えたクリーム。それらにイチゴの優《やさ》しい酸味がよく馴染《なじ》み、相性抜群《あいしょうばつぐん》なんだとか。ちなみに俺はチョコが好きなので、ザッハトルテを選んだ。

食器とケーキを用意し終えると、葵が俺の肩をぽんぽんと叩いた。

「ん？　なあに？」

「私が瑠美さんをもてなしたかったこと、気づいていましたね？　だから、私が挽回《ばんかい》できるようにフォローしてくれたのでは？」

葵は瑠美に聞こえないように、小さな声でそう言った。

「それは……どうだろうね。葵の気のせいかもよ？」

「もう。そうやって惚《とぼ》けるんだから……ありがとうございます」

「あはは。礼を言われるようなことじゃないって」

「その……私のこと、よく見てくれているなって思って。嬉《うれ》しいです」

ぺしぺし、と照れ隠《かく》しに俺の肩を叩く葵。いつの間にか甘《あま》えんぼモードの表情に変わっている。

「そんなに優しくされたら、もっと雄也くんに甘えたくなっちゃいます」

「ちょ……今はやめなさい。瑠美ちゃんに聞こえるでしょ」

「大丈夫です。小声ですから。私の声は雄也くんにしか聞こえない――」

「おやー？」

俺と葵はそろって声のする方へ視線を向ける。

瑠美がニヤニヤしながらキッチンを覗《のぞ》いていた。

もしかして……会話を聞かれた⁉

葵の頬《ほお》が一瞬で赤く染まる。

「る、瑠美さん⁉」

「お二人さん、なんかいい雰囲気なんですけど。もしかして、イチャイチャしてたん？」

「しっ、してません！」

「でも葵っち、雄也さんの肩をぺしぺし叩いてるじゃーん。スキンシップっしょ？」

「こ、これは……雄也くんの肩に変な虫がついていたから追い払《はら》っていたんです！　しっ、しっ！」

「ちょ、痛い！　葵、力はいりすぎ！」

いつのまにか「ぺしぺし」という可愛い音から「バシバシ」という力強い音に変わっている。照れ隠しなのは理解できるが、さすがに痛い。

「照れるなよー、葵っち」

「照れていません！　雄也くんも何か言ってあげてください！」

「まず叩くのやめてくれる⁉」

ちょ、本当に痛いんだって！

抗議《こうぎ》すると、我に返った葵は叩くのをやめてくれた。よかった。肩が破壊《はかい》されるかと思ったよ……。

なお、瑠美には席に戻ってもらった。あの調子だと、ずっと葵をからかいそうだったからだ。

「まったくもう。だから甘えるなって言ったでしょ？」

「す、すみません。でも……雄也くんのせいです」

むぅと小さく唸り、皿にケーキを乗せる葵。どうして俺のせいになるんだ……うーん。

女子高生って難しい。

紅茶とケーキをテーブルに運ぶと、瑠美の表情がぱあっと輝《かがや》く。

「なにこれ、葵っち！　ケーキすごく可愛いんだけど！」

「雄也くんが用意してくれたんです。かなり評判のケーキみたいですよ」

「へえー、そうなんだ！　とりま写真撮《と》っておけ？」

「あ、私も撮りたいです……本当に可愛いですね」

「このイチゴ、ぷりぷり怒ってる葵っちに似てんね」

「ふふっ。なんですか、その変な例え」

女子高生二人がキャッキャしながらスマホで撮影会《さつえいかい》を始めた。ＳＮＳにでもアップするのだろうか。なんにせよ、微笑《ほほえ》ましい光景である。

撮影が終わると、みんなでケーキを食べ始めた。

瑠美はもぐもぐしながら、うっとりした表情を浮かべている。

「おいひぃ……何これ。ヤバいんだけど」

「ヤバいですね。雄也くん、グッジョブです」

二人は満足気にケーキを食べている。初めて買うお店だったけど、評判どおりの味のようで安心した。

瑠美が紅茶を一口飲むと、小さく「あっ」と声をあげた。

「この紅茶、香りもいいね。葵っち、やるじゃん」

「そ、そんな私は……茶葉がいいんですよ」

「謙遜《けんそん》しないのー」

「ちょ、なでないでください」

「いいなぁ、雄也さんは。こんなに美味しい紅茶が毎日飲めて……そうだ。葵っち、うちで働かね？　メイド服着て紅茶淹れてよ」

なに？

葵がメイド服を着るだって……？

俺の脳内にメイド服姿の葵が再現される。

場所は屋敷《やしき》の庭園（ないけど）。葵はフリフリのメイド服を優雅《ゆうが》に着こなし、アールグレイを食器に注ぐ。手作りのスコーンを添えて「お召《め》し上がりください、旦那様《だんなさま》」と照れくさそうに笑うのだ。

「瑠美さんの家でなんて働きませんし、メイド服も着ません。ね、雄也くん？」

「いや。メイド服はありだと思う」

「雄也くん⁉」

葵は口をぱくぱくしている。「どうして裏切るんですかぁー！」とでも言いたげだ。

すまない。メイドは男のロマンなんだ。許してくれ。

「さすが雄也さん！　見たいよね、葵っちのメイド服姿！」

「うん。絶対に似合うと思う」

「だよね、だよね！　よぉし！　いつか葵っちにメイド服を着させてやるー！」

「だから私、着ませんってば！」

「瑠美ちゃん。俺も協力するよ」

「もう！　雄也くんはどっちの味方なんですかぁ！」

葵をからかいながらケーキを食べていると、次第《しだい》に学校の話題に移る。やはり葵の話が中心だ。

瑠美は嬉しそうに葵のことを話す。時折からかったりするのだが、葵も軽口をたたきながらも会話を楽しんでいるようだ。本当に仲がいいんだなぁ、この二人。

「雄也さん。葵っちの可愛いドジ話、聞きたい？」

「聞きたいな。もしかして新作？」

「そそっ、新作！　最寄り駅から二つ先の駅にお出かけしたときの話なんだけど、これがマジ傑作《けっさく》で！　改札ってさ、タッチでピッ、でしょ？」

「ＩＣカードのこと？」

「それそれ。で、その日の葵っち、改札通れなくてさぁ。何度タッチしても、ピンポーンって音が鳴っちゃうの。焦《あせ》って何度もタッチするんだけど……手に持ってるの、ドラッグストアのポイントカードだったの！」

「ぷっ……お得にポイント貯《た》めたかったのかもね」

「しかも葵っちさー、『どうしましょう。磁気不良です』とか真顔で言っててね。そのあと駅員さんのところに行って、戻ってきたと思ったら、顔真っ赤にして改札通ってんの！　あたしに小声で『今日のこと、みんなには内緒《ないしょ》にしてください……』とか口止めしてきて！　マジウケんね！」

「くふっ……あはは！　それはマジウケるな！」

「でしょー？　可愛すぎだよー！」

「二人とも……以前、人の失敗をからかうものではないと注意しましたよね？」

葵は笑顔を張り付けて注意しているが、目は笑っていない。普段《ふだん》は優しさで満ちた瞳《ひとみ》も、今は怒りで塗《ぬ》り潰《つぶ》されている。

こうなってしまったら、俺と瑠美が取れる行動はただ一つ。

「「葵さん。申し訳ございませんでした」」

「はい。よろしいです」

俺と瑠美が謝ると、葵はむすっとした顔で頷《うなず》いた。

そういえば、だいぶ前に三人で食事したとき、似たようなやり取りがあったっけ。瑠美の話が面白《おもしろ》いから、つい笑っちゃうんだよなぁ。

「葵。ごめんって」

「つーん、です」

俺が謝ると、葵はぷいっとそっぽを向いた。風船みたいに頬がふくれている。

「えへへ。葵っちは怒った顔も可愛いなぁ。ほれほれー」

ぷにぷに。

あろうことか、瑠美は葵の頬をつんつんしている。さては反省してないな?

「うーん。やっぱり葵っちはメイド服が似合うと思うけどなー。めっちゃ可愛いもん」

「褒めても無駄《むだ》ですよ。私、着ませんからね」

「それは残念だなー。メイド服メイド服着たら、雄也さんも絶対に喜ぶのに」

「えっ?」

葵と瑠美の視線が一斉《いっせい》にこちらに向いた。瑠美はニヤニヤしており、葵は頬を紅潮させている。

……もしかして、期待されているのか？

俺だって葵のメイド服姿は見たいけど、さすがに瑠美の前で堂々と惚気るわけにはいかない。

でも、葵の期待には応えたいし……いったいどうすればいいんだ？

葛藤《かっとう》していると、もじもじしている葵と目が合った。

「雄也くん。私がメイド服を着たら嬉しいですか？」

「うっ……嬉しい、かな」

甘えるような表情に負け、つい首を縦に振ってしまった。

「なるほど……では、検討します」

そう言って、葵は口元を押《お》さえた。笑顔を我慢《がまん》しようと努力しているようだが、どう見てもデレ顔である。

「と、尊すぎぃぃぃ……！」

瑠美は机に突《つ》っ伏《ぷ》して悶《もだ》えた。

たしかに尊い。

だが、大人の俺が瑠美と同じ反応をするわけにはいかない。

俺は心の中で「デレ顔かわいい！」と叫《さけ》びつつ、穏《おだ》やかな笑《え》みを浮《う》かべるに留《とど》めるのだった。

◆

「そろそろ今日のメインイベントに移りたいと思いまーす！」

ケーキを食べ終えて談笑《だんしょう》していると、瑠美はそう言った。

メインイベント……映画鑑賞《かんしょう》のことかな？

尋《たず》ねる前に、瑠美はブルーレイのパッケージを俺たちに見せた。

「じゃじゃーん！　恋愛《れんあい》映画だよー！」

俺はパッケージをしげしげと見つめた。

タイトルは『セカンド・ラブ、セカンド・ライフ』。一昨年くらいに話題になった有名な恋愛映画だ。たしか何年も前に破局したカップルが再会し、また恋《こい》に落ちて、同棲しながらフリーター生活をしていく話だったと記憶《きおく》している。

就職して結婚《けっこん》したい彼女と、夢を追いかけてだらだら生活を続けるバンドマン。二人のすれ違《ちが》う感情がリアルで、ラストは切なくて泣けると評判の邦画だ。

そうか。映画鑑賞したいって葵が言っていたけど、瑠美が用意してくれたのか。

「この映画ね、葵っちのリクエストなの。あたしは一度観《み》たことがあるんだけど、葵っちがどうしてもこれを雄也さんと観たいんだって。おうちデートみたいで憧れがあるんだってさー。ね？」

「瑠美さん。余計なことは言わないでください」

葵は顔を赤くして瑠美を半眼で睨《にら》んだ。これもいつものやり取りである。

「というわけで、雄也さん。これ観よ？」

「うん。葵が選んでくれた映画、楽しみだな」

「ぷ、ぷれっしゃーです……！」

「あはは。そんなに気負わないでよ。瑠美ちゃん、再生するからディスク貸して？」

「はーい。お願いしまーす」

瑠美からブルーレイを受け取り、再生機器に入れる。

その間に二人はソファーに移動した。左側には葵が、真ん中に瑠美がそれぞれ座っている。俺は空《あ》いている右側に腰《こし》を下ろした。

……このソファー、初めて三人で座ったけど、ちょっと窮屈《きゆうくつ》かも。油断したら、隣に座る瑠美と肩《かた》が触《ふ》れてしまいそうだ。

俺の緊張が伝わってしまったのか、瑠美は俺の肩をぽんぽんと叩《たた》いた。

「雄也さん。もしかして、気を遣《つか》ってる系？　いいよ、もう少しこっち来ても」

「ありがとう。でも、肩が当たっちゃうからね」

「遠慮《えんりょ》しないでよー。知らん人じゃないからへーき。おいで？」

瑠美は屈託《くったく》なく笑った。

この子は本当に優しい子だなぁ。葵は自己主張が苦手なところがあるから、友達が気配りのできる子だと安心できる。

……などと考えていたら、葵がこちらを不安そうに見ている。いかにも言いたいことを我慢している顔だ。

「葵？　そっちも狭《せま》いか？　だったら二人でソファー使ってよ。俺は椅子を用意するから」

「……モヤモヤします」

「ん？　モヤモヤって？」

「その……雄也くんと瑠美さんがくっつくの、モヤモヤします。あまりくっつかないでほしいです」

葵は「瑠美さん。くっついたらだめですよ？」と困り顔でお願いしている。

……駄目《だめ》だ。葵を嫉妬《しっと》させた申し訳なさよりも、可愛いという気持ちが勝り、ほっこりしてしまう。

隣で瑠美は両手で顔を覆《おお》い、「可愛い！」と叫んで両足をバタバタさせている。気持ちはわかる。俺も大人じゃなければ、床《ゆか》でゴロゴロ転がりながら「可愛い！」と叫び、悶えているところだ。可愛い！

……と、二人で悶えている場合じゃない。

「あのさ、瑠美ちゃん。提案があるんだけど」

「おけー。席替《せきが》えでしょ？　葵っち、席交換《こうかん》しようぜー」

俺が言わずとも、瑠美は率先《そっせん》して提案してくれた。

左から瑠美、葵、俺の順番でソファーに座《すわ》り直す。こうすれば、俺と瑠美がくっつくことはない。葵の気持ちを察してくれてありがとね、瑠美。

……学校でも二人はこういう感じなのだろうか。普段は葵のほうがしっかり者なのに、面白い関係性だ。

「す、すみません。ワガママを言ってしまったみたいで……」

隣に座る葵が謝った。申し訳なさそうにしゅんとしている。

「いいってことよー。葵っちが雄也さんラブなのはいつものことでしょ？　ほら、学校でもよく――」

「瑠美さん！　それは内緒です！」

「ふがっ！」

葵は慌《あわ》てて瑠美の口を手でふさいだ。

「もう！　瑠美さんのそういうところ、めっ、ですよ！」

「もがもがー！　もがぁー！」

「あはは……ほら。二人とも、映画が始まるよ」

気まずいので話題を変えると、葵は瑠美を解放した。「息止まるわい！」と瑠美がツッコミを入れているが、葵はつーんとしている。

テレビから音声が流れると、俺たちは黙《だま》って映画を鑑賞した。

映画は主演の二人が学生時代のシーンから始まった。

二人は高校の文化祭をきっかけに仲良くなり、やがてつき合うことになる。

しかし、大学生になってからすれ違いが多くなっていった。そして別れのときが訪《おとず》れ、別々の道を進むことになる。

大学卒業から五年後、二人はとあるライブハウスで再会を果たす。

メジャーデビューを志し、フリーター生活を送るバンドマン。そんな彼《かれ》を応援《おうえん》しつつも、将来に不安を抱《いだ》く彼女。二人の二度目の交際が始まり、同棲することになる。

物語がちょうど中盤《ちゅうばん》に差しかかったところで、着信音が室内に鳴り響《ひび》く。

「んー。あたしのスマホかも」

瑠美はスマホをポケットから取り出した。

「彼から電話だ……ごめん、二人とも！　外で電話してくるから映画観てて！」

瑠美は立ち上がってそう言った。

「じゃあ、一時停止しておくよ」

「止めなくていいよー、雄也さん！　あたし、一度観てるから！」

ばたばたと足音を立て、瑠美は外へ出ていってしまった。

「ふふっ。葵のことをからかっていたけど、瑠美ちゃんも彼氏《かれし》とラブラブなんだね」

「わ、私の話はいいんです。ばか」

葵は小声で「ちょっと雄也くんの自慢《じまん》をしただけだもん」と言い、俺《おれ》の足をげしげしと蹴《け》ってきた。瑠美がいなくなった途端《とたん》にこの甘えぶりである。

「……雄也くん。二人で映画を観るなんて、おうちデートみたいですね」

「うん。憧れのシチュエーションなんだよね？」

「はい。今日は大満足です」

「そっか。じゃあ、今度またおうちデートっぽいことしようね」

そう提案すると、葵は俺の手に触れ、すりすりしてきた。

「今じゃ、だめですか？」

葵は俺にくっつき、肩に頭を乗せてきた。

触れ合っていた手は名残惜《なごりお》しそうに離《はな》れていき、そのまま俺の太ももに移動する。くすぐったくて、おもわず体がビクンと震《ふる》えた。

「……葵。ちょっと甘え過《す》ぎだから抑えてくれ」

「おうちデートだから、こういうのもしたいなって思ったんです」

「でも今は瑠美ちゃんもいるだろ？　だから……」

「……だめ？」

「うっ……瑠美ちゃんが席を外している間だけだよ？」

「はい。ふふっ、やりました」

おねだりに屈《くっ》し、つい許可してしまった。もしかしたら、俺は葵を甘やかしすぎなのかもしれない。

俺だって葵とくっついている時間は好きだ。でも、今日は瑠美がいる。もし彼女が今帰ってきたら恥ずかしすぎるぞ……！

そわそわしながら映画の続きを観る。

同棲を始めた二人は高校時代以上に愛を育んでいく。時折、彼女の将来に対する不安が募《つの》るシーンがあるが、概《おおむ》ねラブラブな生活を送っている。

場面は変わり、二人は自室でイチャイチャしていた。ちょうど今の俺と葵のようにくっついている。違うのは、二人が腰かけている場所がベッドという点だ。

ヒロインが主人公の太ももを指でもったいぶるようになぞった。

『ねえ……寂《さび》しくならないように、今夜はたくさん甘えさせてくれる？　私の体、あなたで満たして？』

ヒロインが誘《さそ》った直後、二人は濃厚《のうこう》なキスをした。そして服を脱ぎ、そのままベッドに横になる。

この映画、ベッドシーンがあるのか……俺は平気だけど、葵は大丈夫《だいじょうぶ》だろうか。初心なところがあるし、顔を真っ赤にしているかも。

ちらりと葵を見る。

予想に反して、葵は目を閉じて眠っていた。胸を静かに上下に動かして、すぅーと小さな寝息《ねいき》を立てている。普段はしっかり者で大人びているが、寝顔はあどけない。

「あらら……よく寝てるな」

そういえば、昨夜はあまり眠れなかったって言っていたっけ。お疲れみたいだし、このままソファーで寝かせてあげよう。

そう思い、俺は静かにソファーから離れようと――。

「雄也くん……?」

寝ているはずの葵が俺の名前を呼んだ。

しまった。起こしてしまったか?

おそるおそる葵の顔を覗きこむ。

葵は目を閉じ、気持ちよさそうに眠っている。よかった。さっきのは寝言《ねごと》だったらしい。

安心したのも束《つか》の間《ま》だった。

「……寂しくならないように、いっぱい甘えてもいいですか?」

葵の寝言は何故《なぜ》か映画のヒロインが主人公をベッドに誘うときと似たようなセリフだった。偶然《ぐうぜん》だとは思うが、さすがに意識してしまう。

「どんな夢を見ているんだ……えっ?」

葵に服をぎゅっと掴《つか》まれた。間髪《かんはつ》を容《い》れず、そのまま俺のほうに倒《たお》れてくる。

どうしよう……あっという間にひざ枕《まくら》をさせられてしまったんだが。

この体勢だと、葵をソファーに寝かせるのは難しい。

かといって、このままだと困る。瑠美が部屋に戻《もど》ってきたら、どう言い訳すればいいんだ。正直に説明するにしても恥ずかしすぎる。

「……雄也くん。お仕事がんばってくだしゃあい……」

葵の小さな口から寝言が漏《も》れた。どうでもいいけど「くだしゃあい」って言い方、可愛すぎだろ。

仕事に行く俺を見送る夢でも見ているのだろうか。なんにせよ、こんなにだらしない彼女は見たことがない。

「……寝顔、無防備すぎ」

視線が葵のぷにぷにほっぺに吸い寄せられる。

つんつん。

つついてみると、指の腹が柔《やわ》らかい頬に沈《しず》んだ。

しかし、まるで起きる気配はない。すうすぅと掠《かす》れた吐息《といき》を漏らしている。

「ひざ枕をしてほしいだなんて……雄也くんは甘えんぼさんですね。よしよし」

再び甘い寝言が葵の口から発せられた。どうやら今の状況《じようきよう》とは真逆の夢を見ているらしい。

こんなに甘えてくれる日が来るなんて、同居初日は思いもしなかった。俺に甘えて安心しきっている葵を見ると、なんだか嬉しい気持ちになる。

葵の頭をなでながら寝顔を観察する。本当に綺麗《きれい》な顔。まるでお人形さんみたいに整っていて――。

がちゃ。

部屋のドアが開く音がした。

瑠美が戻ってきた……って、しまった！　葵の寝顔に夢中で瑠美のことをすっかり忘れていた！

「ただいまー。遅《おそ》くなってごめん……って、葵っち寝てんの？」

「違うんだ、瑠美ちゃん。これにはわけが……」

「しーっ」

瑠美は唇《くちびる》に人差し指を当てて微笑んだ。

「雄也さん。騒《さわ》ぐと起きちゃう。寝かせてあげよ？」

「え？　あ、うん……」

瑠美はソファーの前にしゃがみ、葵の寝顔を覗き込《こ》む。

「可愛すぎじゃね？　寝顔サイコーなんですけど」

ぷにぷに。

瑠美は葵のほっぺたを指でつついた。

「うはーっ。美少女の寝顔を見ながら柔らかほっぺをつつく……至福の時間だぜー」

目をハートにして、夢中でぷにぷにする瑠美。さっきのは眠っている葵を気遣っての発言だと思っていたけど、これが目的だったのか。

「まるで人懐《ひとなつ》っこい子猫《こねこ》ちゃんみたい。てか、ほっぺた柔らかいね。ちょー気持ちいい」

瑠美がぷにぷにしていると、葵は「んー」と声を漏らした。

「ベアトリクスぅ……今日のデート、何を着ていけばいいですかぁ……？」

いよいよ起きるかと思ったが、盛大《せいだい》に寝言を口走った。こんな状況だとは知らずによく眠っている。

隣で瑠美は「およ？」と疑問の声を口にし、首を傾《かし》げている。

「雄也さん。ベアトリクスって誰《だれ》なん？」

「クマのぬいぐるみだよ。葵のお気に入りなんだ」

「ぬいぐるみに名前をつけてる葵っち、マジかわゆい……え、待って！　じゃあ、夢の中の葵っちは、ぬいぐるみにデートに着ていく服を相談してるってことじゃん！」

興奮した瑠美は「なにそれ可愛いすぎぃぃぃ！」と叫んだ。夢の中に限らず、現実でもぬいぐるみに話しかけていると瑠美が知ったら萌《も》え死ぬかもしれない。

それにしても……葵は本当にぬいぐるみが好きなんだな。

やはり寂《さみ》しがり屋《や》なのは昔から変わらないか。幼い頃《ころ》は、いつもぬいぐるみが遊び相手だったもんな。

今度、葵に新しいぬいぐるみを買ってあげよう。きっと喜んでもらえるはずだ。相棒のベアトリクスも友達が増えて嬉しいだろう。

などと考えていると、瑠美が「ねねっ」と俺に声をかけてきた。

「雄也さん。今日は一緒《いっしょ》にお泊《と》まり会に参加してくれてありがと。マジ感謝してる」

「こちらこそ、誘ってくれてありがとう。おかげで楽しい休日が過ごせてるよ」

「おー。やっぱり受け答えが大人っぽいなぁ。雄也さん、かっこいい」

「こらこら。大人をからかうもんじゃないぞ？」

「あはは。そんなんじゃないってー。率直《そっちょく》な感想だよん」

そう言って、瑠美は「いえい」とピースした。

この子は自分の感情を伝えるのが本当に得意だなとあらためて思う。葵と相性《あいしょう》がいいのは、瑠美が自分を偽《いつわ》らずに自然体で接するからなのかもしれない。

「雄也さんも楽しんでくれてるならよかった。半ば強引《ごういん》に誘っちゃったからさぁ。ごめんね？」

「謝《あやま》らないで。社交辞令とかじゃなくて、本当に楽しんでいるんだから。葵も同じ気持ちだと思うよ。ほら。見てよ、この寝顔」

幸せそうな葵の寝顔を見て、瑠美もふにゃりと笑う。

「えへへ。いいものが見れたなぁ。ごちそうさまでした！」

「あはは……葵は家でもよく瑠美ちゃんの話を楽しそうにしてくれるんだ。これからも仲良くしてあげてね」

「あー。雄也さん、まーた大人っぽいこと言ってる」

「そ、そうかな？」

「そうだよー。雄也さんは大人っぽくて、優しくて、気遣いができて……たぶんさ、葵っちはそういうところに惹《ひ》かれたんじゃね？」

瑠美は葵の頭を愛《いと》おしそうに撫《な》でた。

「葵っちと雄也さんは七年ぶりに再会して、そこから付き合い始めたって聞いた」

「うん。そうだね」

「葵っちねー、前に言ってたの。『雄也くんが昔みたいに大人っぽくて優しい人でよかったです』って」

「なっ……この話はやめよう。さすがに照れくさいよ」

「ちょい待ち。からかってるわけじゃなくて、マジな話。すぐ終わるから聞いて？」

瑠美は俺に向き合い、話を続けた。

「葵っちから聞いたよ？　ちゅーもまだしてないって。清いお付き合いをしてるんでしょ？」

「そんな話もしているのか……」

正確には頬にキスはされたけど、葵にとってあれはノーカウントらしい。

「でね、それ聞いてあたし、雄也さんってすごいなぁって思った」

「えっ？」

「だってさー、フツー好きな人とはイチャイチャしたいじゃん？　それも同棲カップルっしょ？　恋人《こいびと》同士がすること、おうちでいっぱいしたいって思うの」

「したい」とは言えない。俺は黙って瑠美の言葉に耳を傾《かたむ》ける。

「でもきっと、雄也さんは葵っちが学生の間はちゅー以上のことはしないと思う。だって、葵っちのことを心から大切に想《おも》っているから。そういう素敵《すてき》な人だから、葵っちは七年間もずっと雄也さんのことが好きだったんだよ。『雄也くんに大事にされているの、とても嬉しいです』って本人も惚気《のろけ》てたぞー？」

にししっ、と瑠美は無邪気《むじゃき》に笑った。

大事にされている、か。

葵はそんなふうに思っていたんだな。

……正直なところ、少し安心した。

同世代のカップルならキスなんて普通《ふつう》にできることだ。いや、それ以上のことだってするだろう。

でも、俺たちは社会人と高校生。キスをすることさえ憚《はばか》られる。

年齢差《ねんれいさ》のせいで当たり前の恋愛ができない。

このことについて、葵はどう思っているのか……実は不安だったんだ。瑠美から聞いたのはズルいかもしれないけど、葵の本音が知れて少しほっとした。

瑠美は意地の悪い笑みを浮かべ、俺のわき腹をつんつんしてきた。

「ちゅー我慢できて偉《えら》いじゃん。オ・ト・ナ・の雄也さん的には、もっと刺激《しげき》の強いことしたいんじゃないのー？」

「ちょ、勘弁《かんべん》してくれよ……」

「あははっ！　雄也さんでも照れるんだね？　可愛《かわい》いんですけどー！」

瑠美が大げさに笑うと、葵のまぶたが微《かす》かに動く。眠《ねむ》たそうに「うーん」と声を漏らした。

葵のまぶたがゆっくりと持ち上がる。

視界に俺を捉《とら》えると、眠気《ねむけ》が吹《ふ》き飛んだのか一気に目が見開いた。

「……えっ⁉」

硬直《こうちょく》する葵。みるみるうちに顔が赤くなっていく。

「ゆ、雄也くん⁉　なんですか、この状況！」

「葵が寝落《ねお》ちして、俺にひざ枕されてたんだよ」

「き、記憶にない……すみません。今どきますから」

葵は俺から逃《に》げるように起き上がり、こほんと咳払《せきばら》いをする。

「その……瑠美さんと二人で何をしていたんですか？」

「何もしてないよ。ね、瑠美ちゃん？」

「そーそー。葵っちの寝顔を見て、ほっぺたをぷにぷにしていただけ」

「もう！　何してるんですか！」

「だいじょーぶ。柔らかかったから。女子高生の肌《はだ》だったよ？」

「感想は聞いていません！　人の顔で遊んではいけないと言っているんです！」

頬をぷくーっとふくらませた葵は、瑠美の肩をぽかぽか叩いた。

「まったくもう……他には何もしていないでしょうね？」

「何もしてないよー。しいて言えば……」

瑠美がちらりとこちらを見る。

目が合うと、彼女《かのじょ》は悪巧《わるだく》みしている子どものように笑った。

「あたしと雄也さんね、葵っちが寝ている間に仲良くなっちゃった」

「え？　な、仲良く？」

「うん。二人でオトナの会話……シちゃった」

「んなっ……ど、どどどどういうことですか⁉」

「にゃはは一。秘密だよん」

「意地悪しないで教えてください！　こら、逃げない！」

葵と瑠美はじゃれ合うように追いかけっこをし始めた。

「二人とも。暴れちゃ駄目だよ？　近所迷惑《めいわく》だからな」

「そうだぞ、葵っち。鬼《おに》ごっこは外でやれよー」

「誰のせいですかぁ！」

二人が再びじゃれ合い始めるので、俺は苦笑《くしよう》するしかない。

いつのまにか映画は終わり、タイトル画面に戻っていた。再生機器からディスクを取り出し、ケースにしまう。

壁掛《かべか》け時計を見る。もうそろそろ夕飯の支度《したく》をする時間だ。

今日のおかずはなんだろう？

かしましい二人を見ながら、ぼんやりとそんなことを考えるのだった。

◆

追いかけっこもそこそこに、葵は夕飯の支度を始めた。

俺は料理の手伝いを申し出たのだが、やんわりと断られた。

その代わり、「雄也くんは瑠美さんの相手をしてください」と命を受けたので、今は瑠美とテレビゲームで遊んでいる。

客をもてなすホストらしい葵の発言に感心したが、本音は違う。暇《ひま》になった瑠美が部屋を物色するかもしれないから監視《かんし》が必要だという、笑うしかない理由だった。

「二人とも。晩ご飯の用意ができましたよ」

ゲームに夢中になっていると、葵の声がキッチンから聞こえてきた。

「葵っち、可愛い奥《おく》さんみたいな言い方するじゃーん。うりうりー」

俺のわき腹を肘《ひじ》でつつく瑠美。俺も同じ感想を抱いてしまったので、「あはは」と愛想《あいそ》笑《わら》いするしかない。

ゲームをやめて席に着くと、瑠美はテーブルに並んだ食事を見て目を丸くした。

「えっ……これ、葵っちが全部作ったん？」

テーブルの上にはコロッケ、エビフライ、ポテトサラダ、豆腐《とうふ》の味噌汁《みそしる》が並んでいる。揚《あ》げ物は冷凍《れいとう》や購入《こうにゅう》したものではなく、葵が調理してくれたものだ。

「瑠美さん。たくさん食べてくださいね」

「すごいね、めっちゃ美味《おい》しそう！　ねね、早く食べよ？　あたしもうお腹《なか》ぺこだよー」

「ふふっ。なんだか子どもみたいです」

はしゃぐ瑠美を見て、葵も柔らかい笑みをこぼす。

「いただきまーす！」

瑠美がコロッケに箸《はし》を伸《の》ばす。一口サイズにわけて、それを口に運んだ。咀嚼《そしゃく》するうちに、うっとりした表情に変わっていく。

「んー、おいしー！　ほくほくしててサイコーだよ、葵っち！」

「瑠美さんはじゃがいもがお好きだって言っていたので……お口に合ってよかったです」

「いいなー、雄也さんは。毎日葵っちの手作り料理が食べられて。きっといいお嫁《よめ》さんになるんだろうなぁ」

「おっ、お嫁さん⁉」

葵の頬《ほお》が赤く染まっていく。

「どうして照れるのさー。雄也さんのこと、七年も想い続けたんでしょ？　結婚したいんじゃないの？」

「し、知りませんっ！　ばか！」

恥《は》ずかしそうにエビフライをはむはむ食べる葵。うん。その話題は俺も気恥ずかしいので遠慮したい。

「そういえば、もうすぐクリスマスシーズンだよね。瑠美ちゃんは彼氏とどこかに出かけるの？」

さりげなく話題を変えると、瑠美は「もち！」と即答《そくとう》した。

「まだどこに行くかは決めてないんだけど、彼と約束したんだー。楽しみだなぁ」

伸ばした足をぱたぱた動かしながら、笑顔《えがお》でそう言った。

「葵。俺たちもクリスマスは二人で出かけようね」

「えっ、いいんですか？」

「もちろんだよ。遠慮するなって言ったでしょ？」

「は、はい。あの、じゃあ……クリスマスデートしたいです」

「わかった。二十四日は仕事だから……二十五日のほうがいいかな？　土曜日で休みだし」

「雄也くんさえよければ、二十五日のほうがいいです。お休みのほうがゆっくりデートできるので」

「了解《りょうかい》。どこ行くかは今度二人で相談して決めようね」

「はい！　やった、雄也くんとクリスマスデート……はっ！」

瑠美の視線に気づいた葵の頬が赤く染まっていく。

「喜んでる葵っち、可愛いなぁ」

「い、いいじゃないですかぁ！」

「てか、葵っちって甘《あま》えベタなん？　マジ？　惚気まくりなのに？」

「あうぅ……もう！　瑠美さんのエビフライ、没収《ぼっしゅう》です！」

「あーん、あたしエビフライも好きなんだよぉ！　意地悪すんなしー！」

二人が仲良くじゃれ合っているのを見ながら、クリスマスのことを考える。

このはしゃぎよう……社員旅行以来かもしれない。クリスマスはめいっぱい楽しませてあげなきゃな。

だって、葵が喜んでくれるのが、俺にとっての幸せだから。

どんなデートをすれば、葵の笑顔が見られるだろうか。

考えながら、コロッケを食べるのだった。

◆

食事を終えても、俺たちは席を離れず談笑していた。

瑠美はあらためて料理の感想を葵に伝えた。よほどコロッケが美味しかったのだろう。葵は照れくさそうに「褒《ほ》めすぎです」と言っていたが、とても嬉《うれ》しそうだった。

時刻は午後八時を過ぎている。そろそろ入浴の時間だ。

「瑠美ちゃん。先にお風呂《ふろ》入ってきたら？　食器は俺が片付けておくから」

「いいの？　よっしゃ、葵っち！　一緒にお風呂入ろー！」

「え、嫌《いや》です」

「まさかの拒否《きょひ》ぃ⁉」

がっくりと肩を落とす瑠美。断られてあきらめたかに思えたが、すぐに立ち直って交渉《こうしょう》を続ける。

「いいじゃん、入ろうよぉ。お泊まり会のいい思い出になるっぽくない？」

「どうせロクでもないことを考えているんでしょう？」

「……ソンナコトナイヨ？」

「どうして片言なんですか。怪《あや》しいです。子どもじゃないんですから。一人で入ってください」

葵は断固として一緒に入らないつもりらしい。

しかし、瑠美の執念《しゅうねん》も相当なものだった。一歩も引かず食い下がる。

「ぐぬぬ。どうすれば、葵っちを説得できるんだろ……あ、そうだ」

何か閃《ひらめ》いたらしい瑠美は俺に向き合った。

顔を近づけ、上目づかいで見てくる。

「雄也さーん。葵っちがお風呂に入っている間、あたしと二人きりだね」

「え？　まあ、そうなるね」

「食器洗いなんてあとでいいからさぁ、あたしと一緒に猫《ねこ》ちゃんの動画でも観よ？　二人きりでさ」

やけに甘い声音《こわね》だ。しかも、何故か「二人きり」という単語を強調してくる。いったい何が目的なんだ？

不思議に思っていると、

「だ、だめです。雄也くんはレンタル禁止ですよ」

葵が会話に入ってきた。何故か焦《あせ》っている。

「でも、葵っちがお風呂入っているとき、あたしヒマだもん。雄也さんと、な・か・よ・く・

時間を潰《つぶ》してもいいじゃん。てか、晩ご飯の前は一緒にゲームしてたよ？　レンタルOKっしょ」

「そ、それは……うー」

葵の手が俺の手にそっと触れる。テーブルがあるので、向かいに座っている瑠美からは見えない。

「……じゃあ、瑠美さんと一緒にお風呂に入ります」

「やった！　葵っちは話がわかるなぁ！」

瑠美はバンザイして喜んでいる。相手の弱点を的確に突《つ》くとは侮《あなど》れない子だ。

苦笑していると、葵はすりすりと手を擦《さす》ってきた。

ふと隣《となり》を見る。

葵は上目づかいで俺を見ていた。

「……雄也くんは私の婚約者《こんやくしゃ》なんですからね。私以外の女の子と仲良くしすぎたらだめですよ？」

俺にしか聞こえない声でそう言って、葵は立ち上がった。

「行きましょう、瑠美さん。お風呂はあちらです」

「おけー。着替《きが》えとタオル持ってくねー」

二人は準備をして脱衣所《だついじょ》に入っていく。

残された俺は机に突っ伏《ぷ》した。

「……なんだあの可愛さは」

心配しなくても、俺は葵ひとすじだから。浮気《うわき》なんて絶対しないよ。

だが、葵を不安にさせるのは本意ではない。他の女性との関わり方は今以上に気をつけよう。

食器を台所に運び、スポンジに洗剤《せんざい》をたらす。よく泡立《あわだ》ててから、汚《よご》れた食器を洗っていく。

家事を手伝う前は食事のたびに食器を洗うのは面倒《めんどう》だと思っていた。だが、これが意外に楽しい。汚れが落ちていくと、妙《みょう》な達成感がある。もしかして、俺って家事に向いているのでは？

そんなことを考えていると、脱衣所のほうからくぐもった声が聞こえてきた。

『おおっ！　葵っち、おっぱいデカくね⁉』

「ぶっ！」

唐突《とうとつ》すぎる「おっぱい」という言葉に、おもわず噴《ふ》いてしまった。

『ちょ、瑠美さん。そんなにジロジロ見ないでください』

『服の上からでも巨乳《きょにゅう》だとは思ってたけど、生のおっぱいは迫力《はくりょく》が違《ちが》うね！』

『そ、そんなに大声で言わないでください！　雄也くんに聞こえちゃいます！』

うん。ばっちり聞こえているし、俺も先日、風呂場《ふろば》に突撃《とつげき》して見ちゃったから知っている。

あのときの光景が鮮明《せんめい》に蘇《よみがえ》り、頬がかあっと熱くなる。

『ズルいぞ、葵っち！　あたしにもおっぱいわけろー！』

『ひゃあっ！　そ、そんなに乱暴に触《さわ》ったらだめです！』

『なんだこれ！　めっちゃ柔らかいのに弾力《だんりょく》がある！』

『んっ……もう！　何してるんですかぁ！』

……うん。聞かなかったことにしよう。

普段《ふだん》よりも大きく蛇口《じゃぐち》をひねり、勢いよく水を出した。流れる水道水の音が女子高生の赤裸々《せきらら》な会話のノイズとなる。これで話し声は聞こえてこないだろう。

「まったく……俺が男だってこと忘れてないか？」

愚痴《ぐち》りつつ、食器についた泡を洗い流した。

家事を手早く済ませ、ソファーに座る。

バラエティー番組を観《み》てくつろいでいると、再び脱衣所から声が聞こえてきた。

反射的に声のするほうを見てしまう。今度は何を騒いでいるんだ？

『おー！　可愛いぜ、葵っち！』

『は、恥ずかしいですってば』

『でも、いい感じだよ？　雄也さん、絶対ドキドキすると思う！』

『そ、そうです……？』

『間違《まちが》いないよ！　可愛いし、セクシーだもん！』

『えー……喜んでもらえますかね？』

『大丈夫！　葵っちの魅力《みりよく》で悩殺《のうさつ》しちゃえ！』

……セクシー？　悩殺？

何をするつもりなのかはわからないが、これだけはわかる。瑠美は葵をその気にさせて、よからぬことを企《たくら》んでいるのだ。

『ほらほら、葵っち！　雄也さんに見せに行こう！』

『ま、待ってください！　まだ心の準備がぁ……！』

がちゃっ！

脱衣所のドアが勢いよく開き、瑠美が出てきた。すでにパジャマに着替《きが》えており、髪《かみ》も乾《かわ》いている。

遅《おく》れて葵が脱衣所から出てきた。

「えっ？」

おもわず驚《おどろ》きの声が漏れた。

葵は何故かワイシャツを着ている。普段、俺が仕事に着ていく服だ。

当然だが、サイズが合っているはずもない。ダボダボだ。袖《そで》が余り過ぎているため、手はすっぽり隠《かく》れている。

ただし、胸元《むなもと》だけはパツパツだった。二つの山がふっくらと盛り上がっている。

視線はさらに下へと向かう。パジャマは履《は》いていない。短パンを履いているのかもしれないが、それさえもシャツで隠れていて、何も履いていないように見えてしまう。

蛍光灯《けいこうとう》の光を弾《はじ》く瑞々《みずみず》しい白い太もも。ほんのり赤くなっている膝小僧《ひざこぞう》。そして、しなやかな美脚《びきゃく》。瑠美が「可愛いし、セクシーだもん！」と言っていた意味がようやくわかった……いや。これはセクシーというかエロだと思う。

葵はもじもじしながら、ちらりと俺を見る。頬が紅潮しているのは、きっと風呂上がりのせいじゃない。

「あの……雄也くんは、こういうの好きですか？」

甘えるような声が、葵の艶《つや》やかな唇から漏れる。

隣で瑠美が「葵っちの彼《かれ》シャツ姿、興奮したっしょ？　あたしがコーディネートしたんだー」と自慢した。

「その、男の人はこういうのが好きって瑠美さんが……ドキドキしてくれましたか？」

葵が期待するような目で俺《おれ》を見つめてくる。

ドキドキしているよ。目のやり場に困るくらい、君はスタイルがいいんだ。俺を誘惑《ゆうわく》しないでくれ。

……なんて言えるわけがないだろ！

俺は「こほん」と咳《せき》ばらいをした。

「こら。仕事着で遊んじゃ駄目《だめ》だよ。ふざけてないで、早くパジャマに着替えておいで」

「あっ……そ、そうですよね。ごめんなさい」

謝った後、葵は瑠美に向き合い、涙目《なみだめ》で口をぱくぱく動かしている。「雄也くん、全然喜んでないじゃないですかぁ！」と顔に書いてある。

しょんぼりした様子の二人は脱衣所に戻っていった。

リモコンを手に取る。テレビの電源を消し、盛大に嘆息《たんそく》した。

「はぁ……さすがに反則だって」

あんな姿でもじもじされたら、ドキッとするに決まっているじゃないか。

ソファーにもたれかかり、大きく深呼吸をする。

胸の鼓動《こどう》も治まった頃、俺はちょっぴり反省していた。

葵は俺に喜んでもらいたくて、あの格好をしてくれたんだ。さすがに冷たく接しすぎたかもしれない。

それにしても……彼シャツの破壊力《はかいりょく》は凄《すさ》まじかった。たしか瑠美がアドバイスしたと言っていたっけ。

「……ギャルの恋愛《れんあい》テクニック、おそるべし」

葵の彼シャツ姿が頭から離れず、悶々《もんもん》とするのだった。

◆

入浴後、葵と瑠美は寝室《しんしつ》には向かわず、ソファーに座《すわ》っておしゃべりを始めた。俺が風呂から出てきても、飽《あ》きずに盛り上がっている。

「雄也くん、聞いてください。瑠美さんったら可笑《おか》しいんですよ。体育のサッカーでオウンゴール決めちゃって。ね、瑠美さん？」

「攻《せ》める方向がわっかんないんだよー。ほら。あたしって方向音痴《おんち》的な？」

「ふふっ。ルールがわかってないだけでは？」

「わかってないなぁ、葵っちは。人生はルールよりもノリが大事なんだよ」

「体育の授業に人生観を持ち込まないでください」

二人は主に学校での出来事を楽しそうに話している。

俺は二人の話を聞いているだけ。会話に加わるよりも、はしゃいでいる二人の笑顔を眺《なが》めているほうが楽しいからだ。

時間はあっという間に過ぎていく。

スマホで時刻を確認《かくにん》すると、午後十時を過ぎていた。

普段なら葵はそろそろ寝る時間だけど……せっかくのお泊まり会だ。明日は休みだし、夜更《よふ》かしをしてもいいだろう。

立ち上がると、二人はそろってこちらを向いた。

「俺はもう寝るね。夜だし、あまり騒いじゃ駄目だよ？」

「はい。おやすみなさい、雄也くん」

そう言って、葵も立ち上がった。

「瑠美さん。私の部屋に行きましょう。ここだと雄也くんに声が聞こえてしまいます」

「おっ、なになに？　雄也さんには言えないナイショの話でもするの？」

「いえ。瑠美さんの声がうるさいので場所を移すだけです」

「ちょ、それひどくね⁉」

「だって、いつもテンション高いじゃないですか」

「なんだよぉ、いじわる！　仕返しに葵っちの部屋を物色してやるー！」

瑠美は「雄也さん、おやすみー！」と元気よく言い残し、急いで葵の部屋に向かった。

「もう！　どうしてそうなるんですかぁ！」

葵が慌《あわ》てて立ち上がった。

ふと先ほどの風呂上がりの光景が脳裏《のうり》に蘇る。

『あの……雄也くんは、こういうの好きですか？』

「葵」

瑠美を追いかける後ろ姿に声をかける。

葵は立ち止まり、振《ふ》り返った。まるでシャンプーのテレビコマーシャルみたいに、細い髪が遠心力でふわりと舞《ま》う。

「雄也くん？　どうかしましたか？」

「さっきの彼シャツ……すごく可愛かった。ドキドキしたよ」

気持ちを伝えると、葵の顔がほんのり赤くなる。

「ふ、不意打ちは卑怯《ひきょう》です。ばか」

「ごめん。でも、あのときは瑠美ちゃんがいて言えなかったから」

「……ありがとうございます。では、おやすみなさい」

小走りで自室に向かう葵だったが、部屋の前で動きがピタリと止まる。

葵は振り返り、はにかんだ。

「次はもっとドキドキさせちゃおうかな……なんて、冗談《じょうだん》です」

おやすみなさい、雄也くん。

そう言い残して、自室に入っていった。

俺は頭を抱《かか》えた。

「心臓がいくつあっても持たない……！」

もっとドキドキさせるって、彼シャツはかなり際どい部類だぞ？

あれ以上の格好となると……いけない。考えるべきではないのに、つい妄想《もうそう》が膨《ふく》らんでしまう。

「うん……もう寝《ね》よう」

俺は部屋の電気を消し、自室に戻《もど》った。

……なお、その日は悶々としてなかなか寝付けなかったのは言うまでもない。

◆

日付が変わり、日曜日の朝を迎《むか》えた。

葵と瑠美は外出の準備をしている。なんでも駅前のスイーツ店を巡《めぐ》るんだとか。昨日もケーキを食べたのに、また甘いものを食べるあたり、飯塚さんのアドバイスは的確だったようだ。

「雄也くん。お留守番お願いします」

葵はスニーカーを履き、爪先《つまさき》でトントンしながらそう言った。

「お昼ご飯ですが、お料理をするなら冷やご飯があるので、炒飯《チャーハン》がおすすめです。インスタントのカレーもありますが……ご飯ものが嫌ならパスタもありますので、お好きにどうぞ。でも、カップ麺《めん》は健康に悪いのでだめですよ？」

「わ、わかったよ。適当に作るから心配しないで」

瑠美の前で小言を言うのはやめてくれ。恥ずかしいのもそうだが、この子はすぐからかってくるんだから。

案の定、瑠美は俺を見てニヤニヤしている。

「きゃー。雄也さん、愛されてるぅー」

「瑠美ちゃん。大人をからかうんじゃありません」

「あははっ、さーせん！　葵っち、いこいこー！」

「はい。雄也くん、行ってきますね」

「うん。気をつけてね」

二人を見送り、部屋に戻る。昨日は騒《さわ》がしかったのに、今は家主を失ったみたいに静かだ。

洗濯機《せんたくき》から衣類を取り出し、ベランダに移動した。

洗濯物を干しながら、クリスマスについて考える。

「どこに行こうかな……」

以前と比べて、葵は素直《すなお》になった。行きたい場所を聞けば、ちゃんと答えてくれるだろう。

問題はサプライズだ。

社員旅行でいくつかサプライズを仕掛《しか》けたが、葵は全部喜んでくれた。きっとサプライズが好きなんだと思う。

クリスマスデートも葵を楽しませてあげたい。年上の婚約者として、ここは腕《うで》の見せ所だ。

葵の好きなものってなんだろう。

クリスマスといえば、どんな演出が喜ばれるだろう。

考えているうちに、笑顔になっている自分に気づいた。

好きな人を楽しませるために、あれこれ考える。

それだけで幸せになっちゃうくらい、俺は葵のことが好きなんだなと実感する。

「……本人に言うと、甘い空気になっちゃうから言えないけどね」

苦笑しつつ、最後にタオルを干して部屋に戻る。

冷やご飯があるって言っていたっけ……背伸《せの》びして、リゾットでも作ってみようかな。

上手《うま》くできたら、今度葵にもご馳走《ちそう》してあげよう。

また葵のことを考えている自分に呆《あき》れつつ、冷蔵庫を開けるのだった。

第三章　はじめてのクリスマスデート

「ごちそうさまでした」

社員食堂で昼食を済ませた俺は、返却《へんきゃく》カウンターに食器を片付けてオフィスに戻った。

自席に座り、スマホでカレンダーを確認する。

クリスマスまであと二週間を切った。

当日、どこに行くかは葵《あおい》と相談して決めてある。もちろん、葵には内緒《ないしょ》でサプライズも用意した。きっと喜んでもらえるだろう。

それにしても……クリスマスデートの相談中、葵があんなデレ方をするとは思わなかった。

目を閉じて、そのときの会話を思い出してみる――。

『葵。クリスマスだけど、何かリクエストある？　どこに行きたいとか、何がしたいとか』

『そうですね……水族館はどうですか？』

『お、いいじゃん。水族館好きなの？』

『それもありますけど……「水族館デートで彼氏《かれし》と急接近！」と雑誌に書いてあったんです。雄也《ゆうや》くんともっと仲良くなりたいと思いまして』

『なるほど……ということは、俺との距離は縮まってないと』

『そ、そんなわけないじゃないですか！　縮まっていますよ……意地悪しないでください』

『あはは。からかってごめんね……って、どうかした？　顔赤いよ？』

『……水族館デートで今以上に仲良くなりたいって意味だったのに』

『えっ？』

『だ、だからぁ！　雄也くんともっとラブラブになりたいんです……言わせないでください。ばか』

――という、思い出すだけでも恥ずかしい会話だった。

あまりの可愛さに取り乱しそうになったが、そこは俺も大人の男。「俺も葵と同じ気持ちだよ」と笑顔で返事をするに留《とど》めた。

……いや待てよ？　よく考えたら、俺もだいぶ惚気《のろけ》てないか？　今頃《いまごろ》になって照れくさくなってきたんだが……。

羞恥心《しゅうちしん》に苛《さいな》まれていると、隣の席の千鶴《ちづる》さんが声をかけてきた。

「雄也くん。熱心にスマホを見てどうかしたのかい？」

「いえ。ちょっとプライベートのスケジュールを確認していたんです」

「プライベート？　ああ、デートか」

「何故《なぜ》それを千鶴さんが……って、この時期だとバレバレですよね」

「ふふっ、まあな。クリスマスは葵ちゃんと過ごすのかい？」

「はい。ちょうど休日ですし、昼過ぎから出かけようかと」

「そうか。充実《じゅうじつ》した一日になるといいな。私もクリスマスが楽しみだよ」

「えっ？」

その一言にはっとする。

クリスマスはカップルが浮《う》き立《た》つビッグイベントだ。恋人《こいびと》のいない千鶴さんがその日を待ち遠しく思うイメージはない。

まさか……恋人ができたのか？

俺が入社したときから、ずっと彼氏《かれし》募集《ぼしゅう》中だった千鶴さんがついに……思いがけない嬉《うれ》しい報告に、なんだかこっちまで幸せな気分になる。

「もしかして、クリスマスは千鶴さんもデートを？」

「ああ。飯塚《いいづか》くんとな」

「飯塚さんって……あ、そういうことでしたか」

なるほど。飯塚さんと二人で女子会をするって意味だったのか。

「楽しそうでいいですね。一瞬《いっしゅん》、気になる男性との予定があるのかと思いましたけど」

「それも捨てがたいが、女性同士で飲むほうが気楽でいいよ。職場では言えない話で盛り上がれるし」

「あはは。一年の終わりにストレス発散ってわけですね」

「ああ。毎年クリスマスは飯塚くんと飲みに行くのが恒例《こうれい》行事になっていてね。恋人がいない者同士で酒を浴びるほど……は？　今、私の恋人はビールがお似合いだと言って馬鹿にしたな？」

「言ってませんよ!?」

唐突に幻聴《げんちょう》と被害妄想《ひがいもうそう》のコンボをくらった。もはやガード不能である。

「ふん。いいんだ、いいんだ。私には私のクリスマスの楽しみ方があるのだから……あっ、飯塚くん。ちょっといいかな？」

千鶴さんは通りかかった飯塚さんを呼び止め、手招きした。

「はい。なんでしょう？」

「うむ。今ちょうどクリスマスの話をしていたんだ。今年はどこで飲みたい？　飯塚くんの希望を聞こうじゃないか」

「あ、それなんですけど……ごめんなさい、姉御《あねご》！」

飯塚さんは両手を合わせて申し訳なさそうに謝《あやま》った。

「クリスマスは用事ができてしまいまして。今年は姉御とご一緒《いっしょ》できないんです」

俺は気づいてしまった……飯塚さんの頬が微《かす》かに緩《ゆる》んでいることに。

あの笑《え》みはクリスマスを楽しみにしている何よりの証拠《しょうこ》。つまり、飯塚さんに恋人ができたのだ。

俺でさえ見逃《みのが》さなかったのだ。観察力に長《た》けた千鶴さんも見抜《みぬ》いているはず。

「その幸せそうな眩《まぶ》しい笑顔……まさか飯塚くん……！」

「はい。彼氏ができたんですよー」

飯塚さんは「先日、告白されちゃって」と照れくさそうに笑う。

その瞬間《しゅんかん》、千鶴さんの目から光が失《う》せた。普段は澄《す》んだ黒目が今はどんよりと濁《にご》っている。

「裏切り者！　毎年、私と酒に溺《おぼ》れるクリスマスデートをしていたじゃないか……ひどい！　私とは遊びだったんだな⁉」

「千鶴さん！　他の社員に誤解されちゃいますよ！」

俺は慌てて止めに入った。

まったく。恋愛と年齢《ねんれい》の話になると、すぐこうなっちゃうんだから。

「仕方ないですよ。飯塚さんに恋人ができたこと、祝ってあげましょう？」

優《やさ》しく諭《さと》すと、千鶴さんは「……そうだな。取り乱してすまない」と言い、かろうじて笑顔を取り戻した。

「おめでとう、飯塚くん。クリスマスデート、楽しんでおいで」

「姉御……ありがとうございます！　雄也くんもサンキュー！」

幸せそうな顔の飯塚さんは「失礼しまーす」と言い残し、軽《かろ》やかな足取りで去っていった。

対照的に千鶴さんは死んだ魚の目をしている。彼女《かのじょ》の周りだけ吹雪《ふぶ》いているかのように寒い。

「千鶴さん。大丈夫《だいじょうぶ》ですか？」

「……別にいいし。クリスマスは家で飼っているグッピーと過ごすから」

熱帯魚にエサを与《あた》えながら、聖夜を呪《のろ》う千鶴さんの姿しか浮《う》かばない……負けないで、千鶴さん！　クリスマスの過ごし方は人それぞれ！　グッピー、俺も好きです！

……とか言って励《はげ》ましたいけど、クリスマスにデートする俺が何を言っても逆効果だ。どう声をかけたらいいんだよ……。

「私、クリスマスきらい」

「元気だしてくださいよ……そうだ。葵のおばさんから送られてきたオーストラリアのワイン、よかったら一本譲《ゆず》ります」

慰《なぐさ》めると、千鶴さんは濡《ぬ》れた瞳《ひとみ》で俺を見た。

「雄也くん……ままならないね。人生ってヤツはさ」

うん。そのかっこいいセリフ、絶対に今じゃないと思う。

「そうですね……人生は航海のようなものですから」

それっぽいことを言って同調しつつ、千鶴さんの機嫌《きげん》が直るまで話し相手になってあげたのだった。

◆

帰宅途中《とちゅう》、俺は頭の中でデートプランの確認をしていた。

水族館のフロアガイドはもう記憶《きおく》した。食事処《どころ》も考えてある。館内でのエスコートで失敗することはないだろう。

そして、肝心《かんじん》のサプライズの方針は「どこで何をすれば葵の笑顔《えがお》が見られるか」。これに尽《つ》きる。

最初は館内で何かしてあげようと思ったが、それは芸がないのでやめておいた。水族館以外の場所で葵を驚かせる予定だ。

「……よし。準備は万全《ばんぜん》だ」

こうしてデートプランを考えているだけでも幸せな気分になる。今からクリスマスが楽しみだ。

ウキウキしながら住宅街を歩き、マンションまでやってきた。

自室の二〇二号室のドアを開ける。

「ただいまー」

声をかけるが、返事はない。

普段はお出迎《でむか》えしてくれるのに……料理中かな？

中に入ると、葵は椅子《いす》に座って勉強中だった。俺の声に反応しなかったのは、耳にイヤホンをしていたからだろう。

「葵、ただいま」

少し大きめの声で言うと、葵はようやく俺の存在に気がついた。イヤホンを外し、こちらに笑顔を向ける。

「おかえりなさい、雄也くん。気がつかなくてすみません」

「いいんだよ。勉強中だったんでしょ？」

「はい。期末テストがありますから」

「そっか。葵は学業も頑張《がんば》っていてすごいな」

「そ、そんなことは……クリスマスデートが待っているから頑張れるだけです」

そう言って、葵は照れくさそうに笑った。

また惚気てるし……と一瞬思ったが、俺が仕事を頑張れるのと似たような理由だった。いかん。俺も無意識のうちに惚気ていたのか。

「雄也くん、どうかしましたか？」

「いや、なんでも。ところで、どの科目を勉強しているの？」

「現代文です。授業で習ったところをおさらいしていました」

「現代文か。俺の苦手科目だ……」

文章を読むこと自体は苦痛ではない。読書は今も昔も変わらず好きだ。

だが、それと現代文の成績は別問題。傍線《ぼうせん》部の意味を答える選択《せんたく》問題では、二択まで絞《しぼ》り込《こ》むも、ことごとく外れの選択肢《せんたくし》を選んでいたっけ。

「そうだったんですか……では、試《ため》しにこの現代文の問題を解いてみてください」

葵は意地悪な笑みを浮かべて問題集を差し出した。

むむっ。さては俺をからかうつもりだな？

よし。ここは鮮《あざ》やかに正解を導き出して、返り討《う》ちにしてやろう。

問題集を受け取り、さっと問題文を眺める。

これは……夏目漱石《そうせき》の有名な小説の一部だな。

設問は「傍線部の文章を読み、このときの作者の気持ちに最も近いものを、次の選択肢から選びなさい」か……。

この問題、二択まで絞り込めそうだ。おそらく、二か三のどちらかが正解のはず。

「二……いや、三だ！」

「ぶーっ。正解は四です」

「四⁉　全然違うじゃん……」

「あはは。残念でしたね」

楽しそうに笑う葵。無邪気《むじゃき》で可愛《かわい》いけど、ちょっと悔《くや》しい。

というか、二択に絞り込んだ時点ですでに外れていたんだが。どんだけ現代文の才能ないんだよ、俺。

「雄也くんってば、私の気持ちを察するのは得意でも、作者の気持ちはわからないんですね」

「うぐっ……作者の気持ちはわからなくてもいいんだよ。葵の気持ちだけわかれば」

「そ、そうですけど……急に変なこと言わないでください。ばか」

葵は頬《ほお》を赤くして視線をそらした。

変なこと？　俺、間違ったこと言ってないよな？

「でも、意外でした。完璧《かんぺき》に見える雄也くんにも弱点があったんですね」

「そりゃあるよ。理系科目は得意なんだけどね……」

「なるほど。大学も理系の学部だったんですか？」

「うん、そうだよ。葵は卒業後の進路とか決まってたりするの？」

葵は来年受験生。しっかり者の彼女のことだ。勉強を頑張っているのは将来を見据《みす》えてのことだろう。成績も優秀《ゆうしゅう》だし、もしかしたら指定校推薦《すいせん》を狙《ねら》っているのかもしれない。

そう思ったのだが、葵は首を左右に振った。

「いえ、進路はまだ決まっていません。大学に進学したいとは思っていますが、どの学部にしようか迷っていて」

「そうだったんだ……進学先は大事だし、慎重《しんちょう》に選ぶべきだと思う。でも、焦《あせ》って決めることないと思うよ？」

「そう、です……？」

「うん。まだ時間はあるからさ。まずは自分がどの分野に興味があるのか探《さぐ》ってみるといいよ。それと、悩《なや》んでいるときは俺を頼《たよ》っていいんだからね？　葵のやりたいことが見つかるまで、とことん付き合うから」

「雄也くん……ふふっ。ありがとうございます」

葵は「なんだか先生みたいです」と言って笑った。

「あはは。たしかに進路指導みたいになっちゃったね。でも、考えようによっては今の状《じょう》況《きょう》ってすごいことだよな。夢を選びたい放題なわけだし」

「夢、ですか……ないわけではないです」

「なんだ、夢あるじゃん。何になりたいの？」

尋《たず》ねると、葵はもじもじしながら、ぼそっと一言。

「……雄也くんのお嫁《よめ》さん、です」

は？

え、なに。お嫁さん……!?

咄嗟《とっさ》に言葉が出ず、妙《みょう》な沈黙《ちんもく》に包まれる。

葵の顔が見る見るうちに赤くなっていく。「お、お嫁さんでもいいじゃないですかぁ！」

とでも言いたげな顔だ。

いや、うん。俺も葵にお嫁さんになってほしいと思ってるよ？

でも、夢ってそういう意味じゃなくて……。

「……真面目な進路の話なんだけど」

「なっ……わ、わかってますよ！　雄也くんが『進路』じゃなくて『夢』って言い方をするからぁ！」

葵は「もう！　ばかばか！」と言いながら、俺の肩《かた》をぽかぽか叩《たた》いた。

「私、これ片付けて晩ご飯の支度《したく》をしてきますから！」

そう言い残し、葵は勉強道具を持って部屋に戻った。

「な、なんで怒《おこ》られたんだ……？」

さすがに「俺も葵の旦那《だんな》さんになるのが夢さ」なんて言ったら、葵も反応に困るだろうし……わからない。どこで間違った？　まさか、これがジェネレーションギャップというヤツか？　それとも俺が乙女心《おとめごころ》をわかっていないだけ？

「はぁ……年下の婚約者《こんやくしゃ》ムズいわ」

答えがわからず、ため息をつくのだった。

◆

翌週、葵は無事に期末テストを終えた。

全教科の平均点はなんと90点。以前、苦手だと言っていた古文も81点を取っていた。苦手な分野も一生懸命《いっしょうけんめい》勉強して結果を出したのは本当にすごいと思う。

この結果を涼子《りょうこ》おばさんに電話で報告すると、たいそう喜んでいた。『さすが葵ねぇ。雄也くん、テストを頑張ったご褒美《ほうび》にお風呂《ふろ》で背中を流してあげて？』と言われたので、全力で断っておいた。なんであの人は俺たちを風呂に入れたがるんだ……。

なお、葵の進路の件も相談すると、涼子おばさんも俺と概《おおむ》ね同じ意見だった。

来年は涼子おばさんと相談しつつ、葵の進学をサポートしていこう。

それはきっと俺にしかできないことで、彼女の幸せに繋《つな》がると思うから。

数日が過ぎ、クリスマス当日を迎えた。

支度を終えた俺はソファーに座って葵を待っている。どうやらデートに着ていく服で悩んでいるらしく、なかなか部屋から出てこない。

時刻は午後一時を過ぎている。今日一日のスケジュールを考えると、そろそろ出かけたい時間だ。

しばらくして、葵の部屋のドアがゆっくりと開く。

「雄也くん。お待たせしました」

「いいよ、気にしないで。服は決まった？」

「は、はい。あの……どう、ですか？」

葵は不安そうに自分の服装を気にしている。

落ち着いた色合いのコートを羽織り、中にはセーターを着ている。下はロングスカートだ。

普段《ふだん》も大人びた服を着ているが、今日は一段と大人っぽく見える。大学生のお姉さんって感じだ。

「その服、オシャレだね。すごく似合ってる」

「ほ、本当ですか？」

「うん。とっても可愛いよ」

「可愛い？」

俺の褒《ほ》め方《かた》が悪かったのか、葵はどこか不満気だ。

「その……大人の女性には見えませんか？」

「えっ？」

「雄也くんが大人っぽいので、私も少しでも大人の女性に近づけたらなって……雄也くんに見合う女性になりたいですもん」

葵は照れくさそうにそう言って、お腹《なか》の辺りで指をいじっている。その仕草、可愛すぎるだろ。

……と、あまり「可愛い」と言いすぎてもよくない。また「子ども扱《あつか》いしています！」と怒られてしまう。

「勘違《かんちが》いさせてごめん。さっきは『可愛い』って言ったけど、子どもっぽいって意味じゃないよ」

「本当ですか？」

「うん。葵のこと、ますます好きになっちゃうって意味」

「えっ⁉」

不意打ちに弱い葵らしく、頬を赤くしてあたふたし始めた。

「服装、すごく大人びているね。ドキッとしちゃった」

「さ、さすがに褒めすぎですよ……」

「いいでしょ、べつに。本当にそう思ったんだから」

「だ、だめです。もう褒めるの禁止です」

「あはは。葵の顔、赤くなってる」

「ばか」

真っ赤になった顔を隠《かく》すためか、葵は俺《おれ》の腰《こし》にそっと手を回して抱《だ》きついた。俺の胸に顔を押《お》しつけ、「うー」と小さく唸《うな》っている。

「葵？」

「すとっぷ、です」

「褒めるの、やめたほうがいいの？」

「はい。これ以上褒められたら、顔が熱くなって爆発《ばくはつ》しちゃいます」

その理屈《りくつ》でいくと、過去に何度も爆発しているような気がする。

というか、抱きついておいてそれはない。こんなにくっついたら、ますます顔が赤くなってしまうのでは？

……と、あまりイチャついている時間はない。そろそろ出発しないと、帰りが遅《おそ》くなってしまう。

「葵、そろそろ出かけよっか」

「……だけ」

「えっ？　なんて？」

聞き直すと、葵が顔をあげた。

彼女の潤《うる》んだ瞳に困り顔の俺が映っている。

「もうちょっとだけ、こうしていたいです……だめ？」

「えっと、だめじゃないけど……」

「雄也くんとくっつくの、安心します」

甘《あま》ったるい声でそう言い、葵は俺の胸に顔をすりすりしてきた。まるで飼い主に甘える子犬みたいだ。

この甘えんぼさんは……やれやれ。今日は葵のおねだりが止まらなさそうだ。

「わかった。もう少しだけだよ？」

「はい。あったかいですね、雄也くん」

「うん。そうだね……」

葵のデレに屈《くっ》した俺は、どんなだらしない顔をしているのだろう。

今度は俺が顔を見られるのが恥《は》ずかしくなり、目を背《そむ》けるのだった。

◆

目的地の水族館は最寄《もよ》り駅から六駅ほど離《はな》れた場所にある。

電車に乗ると、一人ぶんの席が空《あ》いていた。葵を座《すわ》らせて、その前に俺が立つ。

葵は不思議そうに俺の顔を眺《なが》めている。

「どうかした？」

「いえ。こうやって雄也くんを見上げるの、新鮮《しんせん》だなと思いまして」

「そう？　身長差もあるし、いつも見上げているんじゃない？」

「むー。私、そんなに小さくありませんよ」

頬をふくらませ、胸を張って抗議《こうぎ》する葵。ぽよんと揺《ゆ》れるバストを見て、おもわず視線をそらした。

「……小さくはないかもね」

「そうでしょう？　私はおっきいです」

「今年も一センチ背が伸《の》びましたから」と、葵は得意気に言った。

普通《ふつう》、身長は高低で形容すべきだ。「おっきい」とか言われると、もはや胸のことにしか聞こえない。

しょうもないことを考えていると、葵の視線が俺の腹部に向いていることに気づいた。

そんなに俺のお腹を熱心に見て、何を考えているんだろう。

……まさか太った？

ありえる。葵と暮らし始めてから、明らかに食べる量が増えた。彼女の作る料理が美味《おい》しすぎるからだ。

健康診断《しんだん》以外で体重を計る機会はない。知らないうちに太っていた、なんてことは十分考えられる。

どうしよう。「だらしないですね。不摂生《ふせっせい》ですよ？」と小言を言われるだろうか……「おじさん体型の雄也くん、ダサいです」とか言われたら泣くぞ？

ドキドキしていると、葵はおずおずと手を前に出した。

「葵？　どうしたの？」

「失礼します……えいっ」

つんつん。

葵は俺のお腹を指でつついた。

くすぐったくて、おもわず身をよじる。

「ちょ、何してるの⁉」

「雄也くん、あんなに食べているのに太らないなぁと思いまして」

「マジか。太ってなくてよかった……じゃなくて。指でつんつんするの、やめなさい」

「ですが、旦那さんの健康管理はお嫁さんの大事な仕事です」

「なっ……！」

今、俺のこと旦那さんって言った⁉

それに自分のこともお嫁さんって……結婚《けっこん》はまだ先なのに、もう新婚夫婦《しんこんふうふ》みたいなことを言っているんだが。

突然《とつぜん》の惚気をくらい、頬があっと熱を持つ。

公共の場でこんなことしなくても……というか、肥満か否《いな》かを調べる方法がお腹をつつくっていうのもどうなの？　それでわかるの？

テンパっている俺をよそに、葵は再びお腹を指でつついた。

「雄也くんの腹筋、硬《かた》いですね。私にナイショで鍛《きた》えているんですか？」

「き、鍛えてないから。あと、つつくのはやめて……」

「でもこれ、腹筋が割れているのでは？　やはりお嫁さんに隠れて体を鍛えていますね。健康に気をつけて努力をする旦那さんは素晴《すば》らしいと思います」

あくまで葵は真剣《しんけん》に俺の健康チェックをしているらしい。真顔で俺のお腹をつつき続ける。

隣《となり》に座る女性が俺たちを見て、くすくすと笑っている。やめて葵！　さすがに恥ずかしすぎるってば！

しかし、葵は一向にやめようとしない。何これ罰《ばつ》ゲーム？　千鶴さんが仕込《しこ》んだドッキリとかじゃないだろうな？

そうこうしているうちに、降車駅を知らせるアナウンスが車内に流れた。

「葵。そろそろ降りる準備をしておかないと」

「もう到着《とうちゃく》ですか。あっという間でしたね」

つつくのをやめて窓の外を見る葵。やっとやめてくれた……もうお腹をいじられるのはこりごりだ。

俺は葵より先にドア付近に移動した。

電車は速度を徐々《じょじょ》に下げていき、景色の流れが緩やかになっていく。

あれ……そろそろ停車するのに葵が来ないな。

彼女が座っていた席を見るが、そこに彼女の姿はなかった。

「まさかとは思うけど……」

おそるおそる振《ふ》り返る。

葵は反対側のドアの前に立ち、手すりに掴《つか》まっていた。

そっちのドアは開かないぞ。こっちだよ。

……と声をかけるより先に電車が止まる。ぷしゅーという音とともに、俺が立っているほうのドアが開いた。

「え？　あっ……！」

ようやく自分のミスに気づいた葵は、俺の隣までとことこ小走りでやってきた。頬はほんのり赤く染まっている。

普段はしっかり者なのに、開くドアを間違《まちが》えるなんて……そのギャップがなんだか微笑《ほほえ》ましい。

ホームへ降りて階段を上る。その間、葵は無言だった。

改札を通り、駅を出る。

そこでようやく葵はぼそっと一言つぶやいた。

「……私がドアを間違えたこと、瑠美《るみ》さんには内緒にしておいてください」

「わかった。報告は涼子おばさんだけにしておく」

「もう！　意地悪しないでください！」

肩をぽかぽか叩かれた。「やっぱり雄也くんは私のことを子ども扱いしてます！」とぷりぷり怒っている。

うーん。あまりにも反応が可愛いから、ついからかいたくなってしまうんだよなぁ。

「ごめんね、葵。そうだ、手繋ごうよ。社員旅行のときに約束したの、覚えてる？」

「覚えていますが、そんなことで許してあげませんからね」

「悪かった。じゃあ、手は繋がないでおこう」

「うー！　どうして意地悪するんですかぁ！」

今度は背中をぺちぺち叩かれた。リアクションの種類が豊富すぎる。可愛いの永久機関かよ。

俺はそっと葵の手を握《にぎ》った。

「ごめん、冗談《じょうだん》。本当は俺も手を繋ぎたいんだ。いいでしょ？」

「……不意打ちは卑怯《ひきょう》です。ばか」

「不意打ちって。ちゃんと誘《さそ》ったじゃないか」

「私は了承《りょうしょう》していません……手、離したらだめですよ？」

「うん。もう悪ふざけしないよ」

「……なら許してあげてもいいです」

そう言って、俺の手を握り返す葵。口調はどこか拗《す》ねているが、頬が緩んでいるので怒ってはなさそうだ。

「雄也くん。最初に行くのは水族館でいいんですよね？」

駅から徒歩五分のところに『アクアティック・ゲート』という水族館がある。海の生き物を鑑賞《かんしょう》できるだけではなく、カフェやアトラクションがある巨大施設《きょだいしせつ》だ。

水族館デートは二人で相談して決めたプランだ。俺も葵も楽しみにしている。

だが、最初に行くのはそこじゃない。

「水族館に行く前に、ちょっと寄り道して行かない？」

「かまわないですけど……どこに行くんです？」

「それは着いてからのお楽しみ。ここから歩いてすぐの場所なんだ」

目的地を告げず、葵とおしゃべりしながら歩く。

この辺りは水族館以外にもデートスポットがたくさんある。クリスマスということもあり、行き交《か》う人が多い。葵とはぐれないように、手を繋いだまま歩道を進む。

「雄也くん。そろそろどこに行くか教えてくれませんか？　気になります」

「もう着くよ……あ、ここみたい」

立て看板の前で足を止める。

葵はほんの少し屈《かが》み、看板の文字を読みあげた。

「えっと……『べあ・ざ・わーるど』？」

この建物は多くの個展が開催《かいさい》される、レンタル専用のイベントスペースだ。看板に書かれている『べあ・ざ・わーるど』とは、明日まで開催されているイベント名である。

「この辺の店を調べているとき偶然《ぐうぜん》見つけてさ。クマのぬいぐるみの個展をやっているらしいんだよ。ちょっと中を覗《のぞ》いてみない？」

小さい頃《ころ》から葵は寂《さみ》しがり屋《や》だった。一人ぼっちのとき、クマのぬいぐるみと遊んでいたのをよく覚えている。

成長した今も、ぬいぐるみが好きなのは変わらない。きっと俺がいなくて寂しいとき、ベアトリクスに話しかけたりしているのだろう。お泊《と》まり会のとき、寝言《ねごと》でもぬいぐるみに話しかけていたくらいだし。

葵は「クマさんのぬいぐるみ！」と興奮気味に声をあげた。ぴょん、と飛び跳《は》ねて笑顔を見せる。

「そっか……私へのサプライズだったんですね」

「そういうこと。喜んでもらえて嬉《うれ》しいよ」

「雄也くんはすごいです。私のこと理解してくれて、ワガママも受け入れてくれて。今みたいに私を喜ばせるのも上手で……尊敬しちゃいます」

「な、なんだよ急に。褒めすぎだって。この個展を見つけたのだってたまたまだよ？」

「だって、すごく嬉しいんですもん……いいなぁ」

「いいなぁって？」

「私も雄也くんを喜ばせたいです。でも、どうしたらいいんでしょう？」

葵は「雄也くんが幸せになるサプライズは……むぅ」と難しそうな顔をして唸っている。

彼女の悩む姿に俺は見惚《みと》れていた。

俺が幸せを感じるとき……それって葵のそばにいるときなんだよな。

葵の手料理を食べながら団らんしたり。ソファーでくつろぎながらおしゃべりしたり。

こうしてデートしたり。毎日が幸せだ。

もしかしたら、葵の最大のサプライズは『七年ぶりに俺に会いに来て、結婚を前提に同《どう》棲《せい》を申し込んできたこと』なのかもしれない。

だって、くたびれサラリーマンな俺の幸せはそこから始まったのだから。

気づけば葵の頭を撫《な》でていた。

「俺に会いに来てくれてありがとね」

「え？　何の話ですか？」

きょとん、とする葵の表情が可笑《おか》しくて、おもわず笑ってしまう。

「あはは。なんでもない。気にしないで？」

「はぁ。変な雄也くんです……あ、そうだ！」

葵は「決めました」と得意気に笑った。

「そう遠くないうちに、雄也くんにサプライズを仕掛《しか》けます」

「宣言しちゃっていいの？　サプライズって、普通はこっそりやるものだけど」

「あっ……だ、大丈夫です。こう見えて、サプライズには定評があるんですよ？」

そうは見えなかった。普段はしっかり者だけど、今みたいにドジっ子な側面もあるからなぁ。

でも、俺を喜ばせようとしてくれるのは嬉しい。からかうのはやめておこう。

「わかった。葵のサプライズ、楽しみに待ってる」

「ふふっ。あまり楽しみに待たれると、サプライズがバレちゃいます。忘れてください」

「あはは。どうだろう、忘れられるかな？」

二人で笑い合いながら建物の中に入った。

入り口の近くには木製のテーブルが置いてある。

その上には小さな森のジオラマが展示されていた。

森の中央にいるのは、麦わら帽子《ぼうし》を被《かぶ》った小型のクマのぬいぐるみだ。二本脚《あし》で立ち、歩いているようなポーズを取っている。

彼《かれ》の周りには、さらに小さいクマが二匹《ひき》。まるで大自然で遊ぶクマの一家を見ているようだ。

そういえば、テーマは『自然界で暮らすクマのぬいぐるみたち』とホームページに書いてあったっけ。細部も凝《こ》っているし、こだわりのある個展のようだ。

テーブルの隅《すみ》っこに値札が付いている。驚《おどろ》いたことに、わりと手が届く値段だった。ここにある作品、その場で買えるのか。知らなかったな。

隣にいた葵はジオラマに近づいた。

「かっ、可愛いぃぃぃ……！」

興奮の声を漏《も》らしたかと思えば、くるりと顔をこちらに向けた。

「雄也くん！　こっちに来てください！　とっても可愛いです！」

「うん。一緒に見よっか」

葵のそばに立ち、じっくりとぬいぐるみを観察する。それぞれのクマは大きさや服装で性別や年齢を表現しているようだ。

葵は麦わら帽子のクマを指さした。

「クマさんの家族……これがお父さんですかね」

「たぶん、そうだと思うよ」

「じゃあ、この麦わら帽子のクマさんが雄也くんですね」

「えっ？　俺、こんなに太ってないと思うけど……」

「いいんです。頼りがいがあるところが雄也くんにそっくりです。ね、お父さん？」

声をかけられた麦わら帽子のクマは、どこか誇《ほこ》らしげに見える。

……それはさておき、急におままごとを始めるとは思わなかった。それだけテンションが上がっているってことでいいのかな？

葵は目を輝《かがや》かせてジオラマを眺めている。まるで幼少期に戻《もど》ったかのように無邪気な表情だ。

「麦わら帽子のクマさんの隣がお母さんですね。じゃあ、これは私。もう一匹は私たちの子どもです」

「ぶふっ！」

おもわず噴《ふ》いてしまった。

ちょっと待って……まさか俺と葵が結婚して、子どもまでいる未来を想定したおままごとをしているの⁉

いくらなんでも恥ずかしすぎる。外で惚気《のろけ》るのは控《ひか》えてほしい。

……などとツッコミを入れる間もなく、葵の妄想《もうそう》はさらに加速する。

「きっと家族で楽しくキャンプに出かけている場面なんだと思います。私と雄也くんが我《わ》が子を連れて歩いて……あっ」

我が子、という単語を言った瞬間《しゅんかん》、葵は何かに気づいて話すのをやめた。頬は真っ赤に染まっている。

「そ、その……今のは失言でした。忘れてください」

小さい声でそう言い、下を向いて黙《だま》ってしまった。よほど照れているのか、無口モードに突入《とつにゅう》してしまっている。

「えっと……あっ。ほら見て、葵。あそこでもクマが展示されてるよ。行ってみよう」

「……はい」

助け舟《ぶね》を出すと、葵はこくりと頷《うなず》いた。俺の服の裾《すそ》を掴み、恥ずかしそうにしている。

あらら……これはもう少しフォローが必要かな。

「おっ、なんだあれ！　見てよ！　プールがある！」

わざとテンション高めにそう言うと、葵は静かに顔をあげた。

「わあっ……！」

とことこと走り、俺を追い抜《ぬ》いていく葵。よかった。少しは調子が戻ったみたいだ。

葵に追いつき、隣に立つ。

お子様用のビニールプールの中に、水の入っていない小さいプールが浮《う》かんでいる。小さいほうのプールには、例によってクマの家族がいた。

これは……川遊びにやってきた一家を表現しているのかな?

「可愛いですね、雄也くん！」

「うん。こだわりがすごいね」

「はい……あっ！　あっちにも何かありますよ！」

「こらこら。走ったら危ないよ?」

「いいから！　雄也くん、早く早く！」

はしゃぐ葵と一緒《いっしょ》に、一通り室内にある作品を見て回った。どれもテーマに沿ったクマのぬいぐるみが展示されており、葵は楽しそうに鑑賞した。

一周すると、再び出入り口の前に出た。

そこで葵が立ち止まる。

彼女《かのじょ》の視線の先には、最初に見た麦わら帽子のクマの作品があった。

「このジオラマ、気に入ったの?」

「はい。大好きです。可愛らしいだけじゃなくて、家族の温かいストーリーも見えるというか」

「こんにちは」

不意に声をかけられた。

二人そろって声のしたほうを見る。

そこには赤髪《あかがみ》の女性が立っていた。歳《とし》は俺と同じくらいだろうか。胸元《むなもと》に名札を付けているので、この個展の関係者だろう。

俺は「こんにちは」と女性に挨拶《あいさつ》を返す。

「もしかして、スタッフの方ですか？」

「半分正解。スタッフもやっているけど、ここにある作品は私が作ったの」

「えっ！　作者さんですか⁉」

俺よりも先に葵が興奮気味に返事をした。

「ええ、そうよ。私の個展、楽しんでもらえたかな？」

「はい！　とても楽しかったです！　どれも可愛かったですし、素敵《すてき》な世界観でした。中でもこの麦わら帽子のクマさんが好きです」

「ほんと？　ありがとう。これ、自信作なんだよね」

「私の中でも傑作《けっさく》です。野生動物を扱いながらも、人間の家族の温かさを感じて……ぬいぐるみの大きさや服装で役割を表現しているのもすごいと思いました。とっても可愛いです」

「へえ――……本当にぬいぐるみが好きなのね」

「はい。小さい頃からずっと好きなんです」

「ふふっ。あなた、すっごく可愛いわ」

急に褒められた葵の頬が、ほんのり赤くなっていく。

「か、可愛いだなんて、そんな……」

「今日はクリスマスデート？　かっこいい彼氏《かれし》ね。お似合いよ、あなたたち」

「あうぅ……」

いつのまにか攻守《こうしゅ》が逆転してしまっていた。葵は目をぎゅっとつむり、俺の背中に隠れてしまった。

「すみません。この子、照れ屋なところがあって……」

「そうなの？　へえー、ますます可愛い彼女さんね」

「あはは……ところで、展示されている作品は販売《はんばい》もしているんですよね？」

「ええ。展示期間中は引き渡《わた》せないけど、終わったら自宅に発送させてもらっているわ」

自宅に送ってもらえるのなら好都合だ。まだデートは始まったばかり。手荷物になったら移動が大変だもんな。

「ねえ、葵。このジオラマ、葵の部屋に置けるよね？」

「は、はい。置けますけど……もしかして、買っていただけるんですか？」

「うん。俺からのクリスマスプレゼントってことで。受け取ってもらえる？」

「雄也くん……」

葵は小さな声で「どうして私が欲《ほ》しかったこと、バレちゃうんだろ」と愛《いと》おしそうにつぶやいた。今にも甘えてきそうな可愛い顔をしている。

「ありがとうございます、雄也くん」

「どういたしまして。お姉さん、これください」

「お買い上げ、ありがとうございます！　では、送り状を書いていただくので、こちらへどうぞ」

女性は店の奥《おく》へと進んでいく。

彼女についていこうとしたら、葵が俺の服をくいっと掴んだ。

何事かと思い、振り返る。

葵は背伸《せの》びして俺に耳打ちした。

「好き」

吐息《といき》混じりの甘い一言が耳たぶをくすぐった。

突然の出来事に思考がフリーズする。

葵は俺から離れた。服装は大人びているが、恥ずかしそうな笑顔《えがお》は女子高生のそれだった。

「クリスマスプレゼント、大切にしますね！」

そう言って、葵は女性の待つ店の奥へと歩きだす。

……不意打ちは卑怯だろ。「好き」の二文字の効果は抜群《ばつぐん》なんだ。外で言うのはやめてくれ。ドキドキしちゃうから。

「くっ……なんだかサプライズで負けた気分だ」

火照《ほて》る頬《ほお》の熱を感じながら、葵の小さな背中を追うのだった。

◆

「ありがとうございました ー！」

俺たちは女性に見送られながら個展会場をあとにした。

来た道を戻る間、葵は終始ご機嫌《きげん》だった。

「ふんふーん♪　ふふん、ふーん♪」

よくわからない鼻歌を歌う葵。あのクマのジオラマをよほど気に入ってくれたらしい。

「雄也くん。次はいよいよ水族館ですね」

「そうだね。館内には飲食店もあるみたいだけど、どうしようか。先にそっちへ行ってみる？」

ネットで見た限り、かなり雰囲気《ふんいき》があってオシャレなカフェだった。まるで海の中にいるような神秘的な空間で、老若男女《ろうにゃくなんにょ》問わず楽しめると思う。

「私はどちらでもかまいません。雄也くんが決めていいですよ――」

くきゅううう。

隣でお腹が鳴る音がした。

たしか葵と暮らし始めた日にも、今と似たようなくだりがあったっけ。

俺は思い出し笑いをこらえ、何事もなかったかのように会話を続ける。

「じゃあ、先にカフェに行ってもいい？　俺、楽しみにしていたんだよね」

「はい。いいですよ」

葵は知らん顔をしているが、こっそりお腹を擦《さす》っている。まるで「鳴らないで！　雄也くんに空腹がバレちゃいます！」とお腹に言い聞かせているようだ。

しばらく歩き、水族館の前にやってきた。

外観は白く、『アクアティック・ゲート』という虹色《にじいろ》のロゴが入っている。シンプルだが、オシャレな見た目だ。

建物は二階建てではあるが、かなり広い。多種多様な海の生物を展示しているとＷＥＢサイトに紹介《しょうかい》されていたが、それも納得《なっとく》の大きさだ。

「カフェは建物に入ってすぐのところにあるんだって。行ってみようか」

受付で入場料を払《はら》い、中に入る。

エントランスからすでに海の世界が広がっていた。暗めの館内は青で満たされており、まるで海中にいるみたいだ。

「雄也くん。あれ、すごく綺麗《きれい》です」

葵の指さすほうに視線を向ける。

そこには巨大《きょだい》な水槽《すいそう》に映像が投影《とうえい》されていた。虹色に輝く魚群が優雅《ゆうが》に泳いでおり、迫力《はくりょく》満点だ。

他にも色彩《しきさい》豊かな珊瑚《さんご》や、ふわふわと漂《ただよ》うクラゲなど、様々な海の生物が俺たちを出迎《でむか》えてくれた。

「すごいな……プロジェクションマッピングならではの光景だ」

「はい。幻想的《げんそうてき》でロマンチックです」

二人で映像を眺めて感想を言い合っていると、

「わわっ！　めっちゃキレイなんですけど！　やばーっ！」

聞き覚えのある賑《にぎ》やかな声が隣から聞こえた。

視線を向けると、やはりそこには瑠美がいた。いつものギャルファッションに身を包んでいる。

彼女の隣には同年代の少年がいた。

少年の背は瑠美より少し高い。眼鏡をかけており、優《やさ》しそうな顔をしている。真面目で誠実そうな子だ。

瑠美はクリスマスにデートすると言っていたっけ。ということは、この子が彼氏なのだろう。

「こんにちは」

挨拶すると、瑠美と目が合う。

彼女は一瞬《いっしゅん》驚《おどろ》いたが、すぐに笑顔になった。

「雄也さんと葵っちじゃん！　ちすちす！　まさかデートスポットが被るとか！　偶然的

な？」

「ですね。似た者同士ですね、私たち」

　葵と瑠美はキャッキャと盛り上がる。俺と少年は二人の様子をニコニコ見守っていた。

「あ、そうだ。雄也さんに紹介するね」

　そう言って、瑠美は彼氏のほうをちらっと見た。

「こちらは宮前慎吾《みやまえしんご》くん。あたしの彼氏でーす」

「はじめまして。いつも瑠美がお世話になっています」

　慎吾と紹介された少年は礼儀《れいぎ》正《ただ》しく頭を下げた。

　真面目で丁寧《ていねい》な言葉づかい。さらには優しくて穏《おだ》やかな雰囲気……なんだか葵と雰囲気が似ているような気がする。

「はじめまして。天江《あまえ》雄也です。よろしくね、慎吾くん」

「よろしくお願いします。葵さんとは仲良くさせていただいています」

「そうなんだ。慎吾くんは葵と同じクラスなんだっけ？」

「いえ。クラスは違《ちが》うんですが、瑠美を通じて友達になったんです。雄也さんは葵さんの叔父さんなんですよね？」

「うん、そうだよ。これからも葵と仲良くしてあげてね」

「もちろんです」

和《なご》やかに挨拶をかわしつつ、内心では瑠美の優しさに感謝していた。

瑠美は大好きな彼氏にも『俺と葵の関係性』を内緒《ないしょ》にしてくれている。本当に友達想《おも》いのいい子だ。

「雄也さんのこと、瑠美からは『姪《めい》っ子想いで大人っぽい素敵な男性』と伺《うかが》っています。クリスマスも一緒にいたいほど姪っ子が可愛《かわい》いんですね」

「えっ⁉」

言われてはっとする。

そうか。叔父と姪が二人きりでクリスマスを過ごすのは、あまり一般的《いっぱんてき》ではない。

もしかして、怪《あや》しまれている？

……苦肉の策ではあるけど、誤魔化《ごまか》すしかない。

「そうだね。叔父さんは葵のことが可愛くて仕方がないんだ。姪っ子から……葵から離れられないくらいに」

俺は姪っ子が大好きすぎる叔父さんになりきった。

みっともないかもしれないが、この際、俺の評価はどうでもいい。葵との関係性がバレるよりマシだ。

ちらりと葵を見る。

彼女は顔を赤くして口をぱくぱくしていた。「雄也くん、言い方ぁ！」と顔に書いてある。え、俺なんかやっちゃった？

瑠美はというと、声を殺して笑っていた。このリアクションは……うん。なんかやっちゃったのかもしれない。

一方、慎吾は尊敬のまなざしで俺を見ている。

「そうなんですか。本当に姪っ子想いなんですね。僕《ぼく》だったら、雄也さんのような優しい叔父さんが親戚《しんせき》にいたら嬉しいなぁ。葵さんが羨《うらや》ましいや」

嘘《うそ》で誤魔化せたのはいいが、何故《なぜ》か評価が上がってしまった。自衛のためとはいえ、なんだか申し訳ないな……。

「ねー、慎吾くん。あたしもかまってよぅ」

瑠美は甘えるような声音《こわね》でおねだりし、彼の腕《うで》に抱《だ》きついた。

すると、笑顔だった慎吾の表情が変わる。少女漫画《まんが》に出てくる、キラキラしたイケメンの顔つきだ。

「やれやれ。困った子猫《こねこ》ちゃんだぜ。そんなに俺様《おれ》を独り占《ひとじ》めしたいのか？」

慎吾は瑠美の頭をそっと撫でた。

……子猫ちゃん？　俺様？

どうしちゃったんだ、慎吾くん。君はそんな生意気ドSイケメンキャラじゃなかったはずだろ。さっきは一人称《いちにんしょう》「僕」だったぞ？

「瑠美。お前、俺様のこと好き過ぎ」

「ちょ、慎吾くん……雄也さんたちが見てるって」

「あ？　よそ見すんな。俺様のことだけ見てろ。いいな？」

「う、うん……！」

瑠美と慎吾は二人きりの世界に入ってしまった。

この光景を見慣れているのか、葵は落ち着いている。

「ふふっ。照れる瑠美さんを見るのは新鮮ですね」

「もっと新鮮な光景を目《ま》の当たりにしたよ⁉」

「慎吾くんのことですか？　たまにああなっちゃうんですよ。雄也くんも気にせず見守ってあげてください」

「いや気にするわ！」

中身別人だろ、どう考えても！

「そんなことより雄也くん。さっきのセリフは反則です。お友達の前で『葵から離《はな》れられ

ない』なんて言わないでください」

「えっ……駄目《だめ》だったかな？　姪っ子離《ばな》れできない叔父を演じたんだけど……」

「全然だめです。ああいうセリフは私の前でだけ言ってください」

むすっとした顔で抗議《こうぎ》された。

私の前でだけって……この子は今日だけで何回惚気るつもりなのだろう。

「雄也くん。聞いていますか？」

「……わかったよ。葵の前でだけね？」

「はい。そうしてください」

納得したのか、葵はそれ以上何も言わなかった。

視線を瑠美たちに戻す。二人はまだ自分たちの世界に入ったままだった。

「ふん。おもしれー女……はっ！」

慎吾と目が合うと、彼は恥《は》ずかしそうに瑠美から離れた。

「す、すみません。僕、瑠美が甘《あま》えてくると変なスイッチが入っちゃって……！」

「あはは。仲が良くていいね……少し驚いたけど」

「ですよね……姉の影響《えいきょう》で、小さい頃から少女マンガばかり読んで育ってきたせいかもしれません」

「そうはならないだろ！」と言いたかったが、グッとこらえる。

慎吾の豹変《ひょうへん》については夜も眠《ねむ》れないくらい気になるが、瑠美はそんな彼を受け入れているんだ。二人がラブラブなら、俺が茶々を入れる問題ではない。

「そうだ！　いいこと思いついた！」

突然、瑠美がぽんと手を打った。

「ねね、葵っち！　ダブルデートしよ？」

「だぶるでーと……ですか？」

「知らんの？　二組のカップルが一緒にデートするって意味だよー。面白《おもしろ》そうじゃね？」

「そうですね……」

葵は難しそうな顔をして黙り込《こ》んだ。

どうしたんだろう。ダブルデートの説明でわからないことでもあったのかな？

不思議に思っていると、葵は小声でぶつくさと言い始めた。

「雄也くんと過ごす初めてのクリスマス。二人きりで素敵な思い出を作りたいですが、瑠美さんの希望も叶《かな》えてあげたいです……どうしましょう」

むむーっ、と可愛く唸《うな》りながら考える葵。どうやら思っていることが口に出てしまったようだ。

なるほどな。葵は相容《あいい》れない二つの気持ちの狭間《はざま》で悩《なや》んでいるってことか。

俺と二人きりのデートと、瑠美たちとのダブルデート。

両立は難しいが、折衷案《せっちゅうあん》なら簡単だ。

「瑠美ちゃん。ダブルデートの件なんだけどさ。俺と葵はカフェに行こうかって話をしていたんだ。瑠美ちゃんたちも一緒にどうかな？」

「あっ、そのカフェ知ってる！　このフロアにあるヤツっしょ？」

「そうそう。そのあとは別行動でもいいかな？　ほら。俺だけおっさんでしょ？　ずっと一緒だと、瑠美ちゃんたちも気を遣《つか》うと思うんだ」

カフェだけダブルデートをし、その後は解散して別々にデートをする。これなら葵と瑠美、二人の気持ちを尊重したクリスマスデートになるだろう。

「えっ？　あたしは雄也さんと話すの楽しいし、全然おっけーだけど……ああ、そーゆーことね」

俺の意見を察してくれたのか、瑠美は笑顔でうなずいた。

「わかった。葵っちもそれでいいよね？　てか、それがいいっしょ？」

「え？　は、はい。大丈夫《だいじょうぶ》です」

葵は瑠美の勢いに気圧《けお》され、こくこくとうなずいた。

「じゃあ、きーまり！　ダブルデートもいいけど、せっかくのクリスマスだもん。恋人《こいびと》と過ごしたほうがいいよー。ね、慎吾くん？」

「ふっ。俺のそばにいろ。幸せにしてやる」

「慎吾くん、すてき……！」

また二人の世界に入ってしまった。おーい。帰ってきてくれー。

瑠美と慎吾を見守っていると、葵が俺の肩《かた》をぽんぽんと叩《たた》いた。

「あの、雄也くん」

「さっきは私のためにありがとうございました」

「ん？　なんのこと？」

「ふふっ。とぼけても無駄《むだ》ですよ？　雄也くんと一緒にいたいけど、瑠美さんの提案を無下にしたくない……そういう私の気持ち、察してくれたんですよね？」

その指摘《してき》は図星だった。

こういうのって、バレると恥ずかしいな……もう少し上手《うま》くフォローできるようにならねば。

「そんなことないって。俺のこと買いかぶり過ぎだよ」

「いえ、そんなことあります。雄也くんはいつも私の気持ちを察してくれますから」

葵は断言したあとで「ですが」と付け加えた。

そして、ぐいっと顔を近づけて頬をふくらませる。

「自分のことを『おっさん』なんて言っちゃ駄目です」

「えっ？」

「雄也くんはおっさんなんかじゃありません。かっこいいお兄さんです。私の自慢《じまん》の婚約《こんやく》者《しゃ》なんですからね？　あまり卑下《ひげ》してはいけません」

そう言って、葵は俺から離れた。口調は少し強かったが、表情はとても柔《やわ》らかかった。

自慢の婚約者……嬉しいけど、そういうのは家で二人きりのときに言ってくれ。いい大人がニヤケてしまうから。

「雄也くん。返事がないです」

「わかった。もう言わないよ」

「むー。顔がニヤケています。反省の色が見えません」

「それは葵のせいじゃないか」

「え？　どういう意味です？」

小首を傾《かし》げる葵。どうやら惚気ている自覚がないらしい。

今日の葵は、たびたび自分のストレートな気持ちをぶつけて惚気てくる。

それ自体は嬉しいことだけど……やられっぱなしは少し悔《くや》しいかも。

決めた。あとで仕返ししてやろう。

不思議そうにしている葵を見ながら、そんな子ども染《じ》みたことを考えるのだった。

◆

俺たちは館内のカフェにやってきた。

店内は少し薄暗《うすぐら》い。ブラックライトに照らされた、発光するサンゴの輝きを際立たせるためだ。水槽がいくつもあり、鮮《あざ》やかで幻想的なムードを醸《かも》し出している。

夜はバーとして営業しているらしく、カウンターの奥にはボトルが並んでいた。青白い光に照らされていて、大人の雰囲気がある。

「すっご！　超《ちょう》オシャレ！　葵っち、これヤバくね⁉」

「ヤバいですね。とっても綺麗です」

店内を見回し、興奮気味の女子二人。こんなに喜んでもらえると、連れてきたかいがあったな。

「ねね、葵っち。あのボトル可愛くね？　飲めんけど」

「ですね。大人になったらまた来ましょう」

「絶対来ようねー。ところで、雄也さんはお酒飲める系？」

「むっ。駄目ですよ、雄也くん」

俺が答えるより先に葵が答えた。責めるような目でじーっと俺のほうを見ている。社員旅行で俺が酔《よ》っ払《ぱら》ったから釘《くぎ》を刺《さ》しているのだろう。

「未成年と来ているのに飲まないよ。それにバーは夜からだ。たぶんだけど、飲めないと思う」

「なら安心です。雄也くんは調子に乗って飲み過ぎる節がありますから。お酒はほどほどに、ですよ？」

「わ、わかってるってば」

思わぬところで小言を言われてしまった。あのときは完全に俺が悪かったので反論できない。

葵のお嫁《よめ》さんみたいな言動が面白かったのか、隣《となり》で瑠美はニヤニヤしている。

「葵っちー。惚気てないで早くドリンク頼《たの》もうよ」

「の、惚気ていません！」

「はいはい、そうだね。『叔父さん』に惚気るなんておかしいもんねー」

「もう！　瑠美さん！」

葵はフグみたいに頬をふくらませた。俺と瑠美は笑いをこらえ、事情を知らない慎吾だけがぽかーんとしている。

怒《おこ》る葵をなだめつつ、カウンターへ向かった。

この店には、カラフルなドリンクが取り揃《そろ》えられている。ブルーハワイ、ブドウスカッシュ、オレンジ、メロンソーダ。それらを俺がまとめて支払《しはら》い、三人にそれぞれドリンクを手渡《てわた》した。

辺りを見回すと、壁際《かべぎわ》の四人席が空《あ》いていた。俺と葵が隣同士《となりどうし》で座《すわ》り、向かいには瑠美と慎吾が腰《こし》を下ろす。

俺たちはドリンクを飲みながら、学校の話で盛り上がった。

「ねね、葵っち！　この前の球技大会、めっちゃ楽しかったよね！」

「瑠美さん、大活躍《だいかつやく》でしたよね。バスケでたくさん点取っていましたし……オウンゴールもありましたけど」

「なはは。体動かすの、好きなんだよね」

「そうですか。うらやましいです」

「えへへー。ねね、聞いてよ、慎吾くん。葵っち、バスケで一生懸命《いっしょうけんめい》がんばってたの。五回もシュート打ったんだよ？　全部リングに届かなかったけど。うんしょ、って言いながら、ぴょんって飛び跳《は》ねてシュート打つ姿、可愛かったなぁ」

「瑠美さん！　その話は内緒って言ったじゃないですかぁ！」

「あはは。動画があれば観たいなぁ」

「もう！　慎吾くんまで意地悪です！」

葵は顔を赤くして抗議している。

そういえば、葵がスポーツをしているところって見たことないな。子どもの頃《ころ》はインドア派だとは思っていたけど、やっぱり運動は苦手なのか。

こうして学校での葵の話を聞けるのは新鮮《しんせん》だ。意外な一面も知れるし、聞いているだけで楽しい。

笑顔で高校生たちの会話に耳を傾《かたむ》けていると、ふと隣から視線を感じる。

振《ふ》り向くと、葵が申し訳なさそうな顔をしていた。

「どうかしたの？」

「雄也くん。すみません、気がつかなくて」

ん？　なんのこと？

尋《たず》ねる前に、葵が顔を近づけてきた。突然《とつぜん》のことにおもわずドキッと胸が鳴る。

葵は俺の耳元で囁《ささや》いた。

「私が他の男性と仲良くしていたら、嫉妬《しっと》しちゃいますか？」

「えっ？」

それって、葵が慎吾と楽しそうに会話しているから、俺がヤキモチを焼かないか心配って意味？

友達なんだから、仲良く会話するのは普通《ふつう》だと思うけど……逆の立場だったら、葵は嫉妬してしまうのだろう。

なんだか発想が可愛くて、ついからかいたくなってしまう。さっきドキドキさせられた仕返しもまだだし、ちょうどいい。

瑠美たちに会話を聞かれると困る。俺はそっとスマホを取り出して、葵にメッセージを送った。

『心配しないで。嫉妬なんてしてないよ』

『でも、会話に入らず黙っていましたし……』

『葵がバスケで頑張《がんば》っている姿が見たかったなって思っていただけだよ』

『もう！　雄也くんまで！』

むー、と唸りながら俺を睨《にら》みつける葵。ちなみに、苦手なことに挑戦《ちょうせん》する一生懸命な葵を見たかったのは本心だ。

『あと会話に入れなかったっていうのもあるかな』

『どうしてですか？』

『葵の横顔を見るのに忙《いそが》しくて』

『そ、そんなに見ないでください！　ばか！』

『やだ。見る』

『雄也くん⁉』

あわあわする葵の顔が可笑《おか》しくて、つい声をあげて笑ってしまった。

球技大会の話で笑ったと勘違《かんちが》いした瑠美が「ね、面白いでしょ？」と俺に話題を振ってきた。

「雄也さん。他にも葵っちの可愛い伝説あるよ。聞きたい？」

「うん。ぜひ聞かせてほしいな」

相づちを打ちながら、葵の横顔を見つめる。彼女はちらりと俺を見ては、目が合うとそらすという謎《なぞ》の行動を繰《く》り返した。

「葵っち、ドリブルを始めたと思ったら、ボールを爪先《つまさき》でおもいっきり蹴《け》っちゃってさ。飛んでいったボールが審判《しんぱん》の膝裏《ひざうら》に直撃《ちょくげき》したの！　殺人ドリブルじゃね？　マジウケんね！」

「あはは。マジウケるな」

俺の視線に耐《た》えきれなくなった葵は、顔を真っ赤にしている。

そして、とうとう両手で顔を隠《かく》してしまった。

「み、見ないでください……ばか」

小声でぽつりとそう言った。

「ん？　葵っち、どしたん？」

「……なんでもありません」

瑠美の疑問に答えた葵は、顔を隠していた両手を降ろした。どういうわけか、俺のことをじーっと見ている。

……めっちゃ睨まれてるな。

もしかして、からかいすぎて怒らせてしまったかもしれない。

「ごめん、葵。もう意地悪しないから機嫌直して？」

「……仕返しです」

「えっ？」

「じーっと見つめられたら恥ずかしいですもん。雄也くんも私に見つめられて、恥ずかし地獄《じごく》に堕《お》ちてください」

「は、恥ずかし地獄？」

よくわからないけど……仕返しをするつもりなのか？

葵は唇《くちびる》を尖《とが》らせて「むー」と唸り、俺に熱い視線を送り続けている。

なるほど……たしかにこれは恥ずかしい。

咄嗟《とっさ》に葵とは逆の方向に顔を向ける。

すると、葵は椅子《いす》を近づけて下から覗《のぞ》いてきた。彼女自身も恥ずかしそうな顔で、じーっと見つめてくる。

な、なんだこの可愛い仕返しは……！

恥ずかし地獄、おそるべし。

「……降参だ。もうやめてくれ」

たまらず白旗をあげる。葵は満足気に「ふっふっふ。私の勝ちです」と言って胸を張った。

こうして俺は返り討《う》ちにあい、再びドキドキさせられたのだった。

◆

カフェを出ると、慎吾が「雄也さん、ご馳走《ちそう》さまでした」と律儀《りちぎ》に礼を言った。

俺はおもわず苦笑《くしょう》する。

「君は本当に礼儀正しいな……俺のほうこそ礼を言わなきゃ。俺も葵も楽しかったよ。ありがとう」

「いえ、そんな……雄也さんって本当に大人っぽいですね」

「あはは。一応、これでも大人だからね」

「年齢的《ねんれいてき》な意味ではなくて……なんていうのかな。気遣《きづか》いできる優しさがあるというか、包容力があるというか。葵さんが慕《した》うのもわかる気がします」

大人っぽい。気遣い。優しさ。

お泊《と》まり会のとき、瑠美も似たようなことを言っていたっけ。もっとも、瑠美は「葵が慕う」ではなく、「葵が好き」という言葉を使っていたけれど。

……待てよ？

瑠美と似たような感想を抱いているってことは……まさか俺と葵の関係に勘《かん》づいていたりしないよな？

……念のため、探《さぐ》りを入れてみるか。

「えっと、慎吾くんはどうしてそう思うのかな？」

「今日の葵さん、なんだかいつもと違って新鮮だなって思ったんです」

「いつもと違う？」

「はい。学校での葵さんは真面目でしっかり者なんです。ちょっぴり口下手でおしゃべりが苦手なところはありますが、みんなから頼《たよ》られているんですよ」

慎吾は「まあ瑠美に振り回されているのは学校でも同じですが」と苦笑する。

「だから、今日の葵さんを見て驚《おどろ》きました。普段《ふだん》は頼られる立場の彼女《かのじょ》が、雄也さんの前だと全然違くて。見たこともない優しい笑顔を見せてはしゃいだり、少し子どもっぽいことをしたり……きっと雄也さんを信頼《しんらい》しているから、安心しきっているんだと思います」

「そうだったんだね……」

学校での葵の様子を気にしたことはあったが、俺といるときとの違いについては気にしていなかった。

知らなかったな。俺が知っている葵の笑顔って、好きな人にだけ見せる特別な表情だったのか。

……って、何恥ずかしいことを考えているんだ、俺は。

「僕も雄也さんみたいに人から信頼される大人になりたいなぁ……雄也さん？　ほっぺた

が赤いですが、大丈夫ですか？」

「気にしないで。暖房《だんぼう》の効きすぎで暑いだけだから……」

「そ、そうですか？　……って、長話してすみません。僕たち、そろそろ行きますね」

「うん、楽しんでらっしゃい。葵と瑠美ちゃんは……あれ？　どこ行った？」

「あそこです」

二人は慎吾が指さした先にいた。水槽を見ながら仲良くおしゃべりしている。

俺が声をかけるより先に、慎吾が「瑠美！」と名前を呼んだ。

「ほら、こっちへ来て？　雄也さんを待たせてはいけないよ」

「はーい！　いこ、葵っち」

二人は小走りでこちらへやってきた。

「それじゃあ、ここで解散だね。たくさん話せて楽しかったよ。ね、葵？」

俺がそう尋ねると、葵は笑顔で首肯《しゅこう》する。

「はい。瑠美さん、慎吾くん。また来年、学校でお会いしましょう」

「はーい！　よいお年をー！」

「ばいばい、葵さん。雄也さん、今日は本当にありがとうございました」

「うん。またね、二人とも」

挨拶《あいさつ》を交《か》わし、瑠美たちと別れた。

彼女たちは上のフロアへ向かうらしく、エスカレーターのほうへ歩いていく。二人の姿が見えなくなるまで、俺たちは手を振り続けた。

「瑠美ちゃんたちも水族館デートを楽しんでいるみたいだね」

「そうですね。二人とも、いつも以上にテンションが高かったです」

葵は「雄也くん。次はどこに行きましょうか？」とワクワク顔で尋ねた。自分も瑠美に負けず劣《おと》らずはしゃいでいることに、本人は気づいていないようだ。

「このフロアにジェリーフィッシュコーナーってところがあるんだ。どうかな？」

「ジェリーフィッシュ……クラゲですか、いいですね！　行きましょう！」

「わかった。場所は……こっちだね」

二人でフロアの奥《おく》へ向かうと、ジェリーフィッシュコーナーが見えてきた。

奥行のある広い空間にいくつもの水槽が展示されている。赤、ピンク、青、黄色、紫《むらさき》。鮮やかな色でライトアップされた水槽には、クラゲがぷかぷか泳いでいる。

「すごいですね……雄也くん、このクラゲさん可愛いです！」

葵が指さしたのはミズクラゲだ。直径三十センチほどの傘《かさ》をゆったりと動かして優雅に泳いでいる。傘の中央がピンク色に見えるのは光の関係だろうか。とても綺麗だ。

「はぁ。こういうの見ていると落ち着くなぁ」

「ふふっ。雄也くん、お年寄りみたいなこと言わないでください。あなたは『お兄さん』なんですからね？」

「あはは、そうだったね」

「もう。雄也くんったら……あっ！　あっちのクラゲさんも光っています！」

葵はとことこ走り、奥の水槽に向かっていく。途中《とちゅう》で振り返り、手招きした。

「雄也くんも来てください！　こっちのクラゲさんも可愛いですよ！」

年相応にはしゃぐ葵を見ていると、なんだかこっちまで楽しくなる。水族館を選んで正解だったな。

「こらこら。走ると危ないよ」

注意しつつ、水槽の前にいる葵の隣に立つ。

その水槽で泳ぐクラゲは黄色の光に染まっていた。ミズクラゲよりも長い触手《しょくしゅ》を持っている。

「雄也くん。この子、なんという名前なんでしょうか」

「アマクサクラゲ……こんなに綺麗なのに、わりと強めの毒をもっているんだって。刺されると痛いらしいよ」

「へえ、詳《くわ》しいですね。さてはまた事前に調べたんですか？」

「いや。そこに生物紹介《しょうかい》が書いてある」

「あ、本当だ。博識ぶりましたね？」

葵は口許《くちもと》を押《お》さえて俺をからかった。「ずるはだめです」と付け加えて、紹介文を隠すように立ち位置を変える。

くすくすと笑う葵に見惚《みと》れていると、彼女は不思議そうに首を傾げた。

「どうかしましたか？」

「いや。葵に喜んでもらえて嬉《うれ》しいなと思ってさ」

「それは……雄也くんと一緒《いっしょ》ならどこにいても嬉しいですもん。言わせないでください。ばか」

「あはは。ならよかった」

「……雄也くんは楽しくないですか？」

葵は不安そうに尋ねた。

今日はクリスマス。特別な人と過ごす日だ。そんな不安気な顔をするよりも、笑顔《えがお》のほうが似合っている。

ふっと頬《ほお》を緩《ゆる》め、葵の頭をそっとなでる。

「楽しいよ。俺の顔を見たらわかるでしょ？」

「……はい。きっと私と同じ表情をしていると思います」

葵はくすぐったそうに目を細めた。

ダブルデートはカフェだけにして正解だったかもしれない。こんなデレデレしている様子を瑠美たちに見られたら恥ずかしすぎる。

しばらくその場でクラゲを鑑賞《かんしょう》していると、葵のスマホが鳴った。

「瑠美さんからです……ふふっ、幸せそうなツーショット。雄也くんも見てください」

「どれどれ……」

スマホを覗き込むと、瑠美と慎吾が写った写真が表示されていた。仲良さそうに手を繋《つな》ぎ、くっついている。

続けてスマホが鳴った。

他人のメッセージを見る趣味《しゅみ》はないが、写真の下に表示されるため、自然と視界に入ってしまう。

『葵っちと雄也さんの写真も送ってよー』

メッセージアプリには、そう表示されていた。

「雄也くん、写真ですって！　撮《と》りましょう！　思い出になりますよ！」

名案でも思いついたかのようなテンションだった。葵は俺の手を握《にぎ》り、もう片方の手でスマホを構える。

まさかとは思うけど……瑠美たちと同じように、手を繋いだラブラブ写真を送るつもりなの⁉

「葵。さすがにこの状態で写真を撮るのは……」

「笑ってくださいね。はい、撮りますよ」

止める間もなく、葵のスマホからシャッター音が鳴った。

「なあ、葵。思い出の写真としてならいいけど――」

「送信完了《かんりょう》、と……え？　なんですか？」

「……こんなラブラブな写真を送って大丈夫？　恥ずかしくないの？　……って言いたかったんだけど」

ぽかーんとする葵。

数秒間硬直《こうちょく》した後、ようやく俺の言葉の意味を理解したのか、一気に顔を赤くした。

「あわわ……もう！　早く言ってくださいよぉ！」

葵は文句を言いながら、ものすごい速さでスマホをタップしている。『誤解のないように言っておきますが、手を繋いでいるのは雄也くんが迷子にならないための措置《そち》ですからね！　すぐどっか行っちゃって、本当に困ったものですよ！』という文面を送信した。その言い訳は苦しいと思うのは俺だけか？

葵と目が合う。彼女はぎゅっと目をつむり、俺の背中に隠れてしまった。甘えるみたいにして、顔をすりすりと俺の背中にこすりつけている。

「うー。まるで惚気《のろけ》ているみたいで恥ずかしいです……！」

「『まるで』？　惚気ている……『みたい』？」

「い、いいじゃないですかぁ！　私だって、はしゃいでしまうときくらいあります！」

背中をポカッと叩かれた。

うん……こんな恥ずかしいやり取り、やっぱり瑠美たちに見せられない。

あらためて、ダブルデートを遠慮《えんりょ》してよかったなと思うのだった。

◆

俺たちはその後も水族館デートを満喫《まんきつ》した。

二階のリトルフィッシュコーナーでは、文字通り小さい海の生物が展示されていた。

砂穴から、にょきっと顔を出すチンアナゴ。オレンジの体に白いラインが三本入ったカクレクマノミ。葵はどれを見ても「可愛《かわい》い！」と大はしゃぎだった。

個人的には、海中トンネルが一番よかったと思う。

トンネルは天窓から陽光が射《さ》し込む作りになっており、海の世界をよりいっそう感じられた。

トンネル内に展示されていたのは十種類のエイ。大きく水平に広がったヒレを動かして泳ぐ姿は迫力《はくりょく》満点だった。

葵はエイの体の裏側を見て「あっ！　ちっちゃい顔があります！」とはしゃいでいた。

下からエイを覗いてみると、目のような穴が二つ。その下にある穴は口に見えた。

紹介文によれば、あの二つの穴は鼻孔《びこう》なんだとか。目と見せかけて鼻の穴なのかと思うと、なんだか余計に愛着がわくから不思議だ。

水族館を満喫した俺たちは外に出た。

もう日は暮れていて、夜空には星が広がっている。

「葵。水族館、楽しかったね」

「はい。可愛い子がいっぱいでした」

「そっか。満足してもらえたみたいでよかったよ」

「雄也くんと一緒だから、楽しさも二倍です」

葵は空を見上げて「今夜は星が綺麗《きれい》ですね」と無邪気《むじゃき》に言った。例によって、惚気ている自覚はないように見える。

「葵のそういうとこなんだよなぁ……」

「え？　何がです？」

「いや、なんでもない」

「むー。秘密があるのは感心しませんよ？」

「言ったら葵が恥ずかしがるから言わない」

「余計に気になるんですが……ところで、このあとはどうしますか？」

二人で水族館に行くことは決めていた。だが、それ以外のプランは俺《おれ》に任せてもらっている。

今夜は駅から離れた川沿いの通りがライトアップされているらしい。今からそこへ向かう予定だ。

「あのさ、このあとなんだけど……葵？」

「……まだ帰らないですよね？」

葵は甘えるように俺の服を掴《つか》み、どこか期待するような目で俺を見ている。今にも「今日はもう少し特別な気分を味わっていたいです……だめ？」と言い出しそうだ。

このまま帰宅したら、この甘えんぼさんは絶対に拗《す》ねる。準備をしておいて本当によかった。

「少し歩いたところにイルミネーションがあるんだ。見てから帰らない？」

提案すると、葵は柔らかな笑《え》みを浮《う》かべた。

「さすが雄也くん。なんでもお見通しですね」

「あはは。なんでもは無理だよ」

「そうですね……私のことだけ、なんでもです」

心がぽかぽかするような優《やさ》しい声だった。

並んで歩く葵を見る。彼女の嬉しそうな横顔は赤く染まっていた。

「……うん。そうかもしれないね」

「ほ、ほら。雄也くん、早くイルミネーションを見に行きましょう」

先ほどの発言がよほど照れくさかったのだろう。葵は俺から逃《に》げるように早足で前を歩いた。

「葵。そっちじゃないよ。ここを左だ」

「さ、先に言ってください」

恥《は》ずかしがる葵を連れて、目的地の川へと向かう。

駅から離《はな》れているというのに喧騒《けんそう》は消えない。たくさんの人が行き交っている。まだまだ特別な夜は終わらない。俺と葵のクリスマスも、きっとまだ楽しいことが待っている……賑《にぎ》わう人たちを見ていると、そんな予感がした。

しばらく歩くと、ライトアップされた川沿いの道にやってきた。

中央の川を挟《はさ》んで桜の木が並んでいる。無数の裸《はだか》の細い枝が寒空にさらされていた。

しかし、今宵《こよい》はクリスマス。木々は桜色に光るLEDライトで彩《いろど》られていた。けっして散ることのない桜の花びらは輝《かがや》きを放ち、川の水面に映って揺《ゆ》れている。

俺たちは道端《みちばた》で立ち止まり、季節外れの桜を眺《なが》めた。

「雄也くん。イルミネーション、とっても綺麗です」

「うん。冬の桜なんて初めて見たよ」

「……桜を見ていると、なんだかあのときを思い出します」

「桜か……」

聞かなくても察しはつく。俺と葵が離れ離れになったあの日の話だ。散りゆく早咲《はやざ》きの桜が、俺たちの別れを名残《なご》るように舞《ま》っていたっけ。

「婚約《こんやく》を交わしたあの日から、こうして雄也くんとロマンチックなデートするのを夢見ていました」

「じゃあ、今夜は夢が叶ったんだね」

「はい。雄也くんがデートに誘《さそ》ってくれたおかげです」

「それは違《ちが》う。葵のおかげだよ」

「えっ？」

「葵が俺をずっと想《おも》ってくれていたから、この光景が見られたんだ」

葵は七年ぶりに俺に会いに来てくれた。その勇気ある行動の結果、こうして二人でいられるんだと思う。

「だとすれば、やっぱり雄也くんのおかげです」

「でた、頑固《がんこ》モード。どうしてそう思うの？」

「だって……七年間、ずっと想い続けたんですよ？　転校して。中学生になって。様々な出会いを経ても、雄也くんのことで頭がいっぱいだったんですよ？」

だから、と葵。

「私をこんなに夢中にさせた、雄也くんのおかげです」

葵は照れくさそうに笑い、俺の手を握った。

そう言ってもらえるのは嬉しいけれど、不安もある。

……昔の俺はどれほど素敵《すてき》なお兄さんだったのだろう。

くたびれサラリーマンを卒業しても、まだあの頃の自分には程遠《ほどとお》いのかもしれない……

過去の俺を褒《ほ》める葵を見ていると、そんなふうに思ってしまう。

不意に葵の握る手に力が込《こ》められた。

「大丈夫……今の雄也くんは、七年前の雄也くんよりもかっこいいです」

白い息とともに、葵の優しい声が夜に溶《と》ける。

七年前の俺よりもかっこいい——今の俺にとって、それはどんな言葉よりも胸に響《ひび》く言葉だった。

「葵……そんなふうに思ってくれていたんだね」

「ふふっ。安心しましたか？」

悪戯《いたずら》っ子みたいに笑う葵。

その含《ふく》みのある言い方……もしかして、俺の不安は筒抜《つつぬ》けだったのか？

「やられた……よく俺の気持ちがわかったね」

「雄也くんと同じです」

そう言って、葵は俺の肩《かた》に頭を預けた。

「雄也くんのことだけは、なんでもわかっちゃいます」

葵は「あなたの婚約者ですからね」と付け加えて笑った。

そうか……俺が葵の笑顔を見たくて頑張れるのと一緒だ。

彼女もまた、俺の気持ちを考えてくれている。

だって、好きだから。

そんな当たり前のことを葵に気づかされた。

「なーんて、今回はたまたまわかっただけですけどね……あっ。一応言っておきますけど、さっきのはリップサービスではなくて本心ですよ？」

「あれが気休めの言葉だったら俺は泣くぞ」

「ふふっ。泣いたら、よしよししてあげます」

またからかわれてしまった。今日は葵に負けっぱなしだなとつくづく思う。

「……葵。今日は本当にありがとう。これからもよろしくね」

「こちらこそ、よろしくお願いします」

二人でライトアップされた桜を見上げる。

あのときは別れを惜《お》しむように散っていた桜が、今は俺たちを祝福しているように思えてならない。

「雄也くん」

「なに？」

「その……もっと甘《あま》えてもいいですか？」

「もちろんだよ」

「それじゃあ、失礼します」

葵は俺の腕《うで》に抱《だ》きついてきた。

吐《は》く息が夜気を白く染める。真冬の夜は肌《はだ》を刺すような気温だった。

だけど、こうして二人で寄り添《そ》えば温かい。

葵は「雄也くん」と俺の名前を呼んだ。

「もうちょっとだけ、こうしていてもいいですか？」

こんなふうに甘えられたら断れない。

俺は静かにうなずき、前を向いた。

「うん。俺もこの景色をもっと見ていたい」

二人で散らない桜を眺める。

もう二度と離れないように、隙間《すきま》なくぴったりとくっつきながら。

第四章　そして二人は甘いときを過ごす

年末は葵《あおい》と一緒に家でまったり過ごした。

葵の作った美味《おい》しい料理を食べて、楽しくおしゃべりをして、近場に買い物に出かけて……遠出はしなかったが、とても充実《じゆうじつ》した時間だった。

とはいえ、せっかくの休みを家で過ごすだけではもったいない。元日は二人で初詣《はつもうで》に出かけた。

参拝中、葵は真剣《しんけん》な顔でお祈《いの》りをしていた。

よほど叶《かな》えたいお願いがあるに違いない。そう思った俺は「何をお願いしたの？」と尋ねた。

すると、

「雄也《ゆうや》くんとずっと一緒に……ではなくて、学力の向上をお願いしました！　今年は受験生なので！」

と、葵は慌《あわ》てて言い直した。「雄也くんとずっと一緒にいられますように」と願ったのがバレバレである。新年早々、俺は微笑ましい気持ちになったのだった。

なお、「雄也くん。参拝マナーが間違《まちが》っています。鈴《すず》を鳴らした後のお辞儀《じぎ》は二回が一般的《いっぱんてき》で……」という、葵の新年初小言も観測した。公衆の面前で叱《しか》られて少し恥ずかしかったのも、今となってはいい思い出である。

こんな感じで年末年始は楽しく過ごせたし、疲《つか》れも取れた。

だが、そんな幸せな日々も先週で終わり。

俺は昨日が仕事始めで、葵も今日が始業式だ。

鏡の前でネクタイを締《し》める。昔は気にしなかったネクタイも、今はきっちり締めないと気が済まない。

ネクタイよし。ヒゲもよし。寝癖《ねぐせ》もないし、身だしなみはバッチリだ。

「雄也くん。はい、どうぞ」

制服姿の葵がスーツのジャケットを持ってきてくれた。こういう新婚《しんこん》さんみたいなノリもだいぶ慣れてきた。

「ありがとう、葵」

ジャケットを受け取り、袖《そで》を通す。

ボタンを留《と》めていると、葵はおもむろにしゃがみ、何かを拾った。

「雄也くん。名刺《めいし》入れが落ちていますよ」

「あ、悪い。ポケットから落ちたんだと思う……葵？」

葵はじーっと名刺入れを見つめている。

「これ、だいぶ使《つか》い込んでいますね」

「えっ？」

名刺入れを受け取り、観察する。薄汚《うすよご》れており、だいぶくたびれていた。使い込まれた革《かわ》はヨレヨレだし、よくわからない染《し》みができている。

この名刺入れは俺が入社当時からずっと使っているものだ。当時はどんな名刺入れを買ったらいいかわからず、適当に安い物を購入《こうにゅう》したんだっけ。

「たしかにボロボロだね。そろそろ買《か》い替えるか……」

取引先と名刺交換《こうかん》するとき、くたびれた名刺入れだと第一印象がよくない気がする。こういう細かい部分も気にしたほうがいいだろう。

それに……葵にも小言を言われそうだしな。

ちらりと葵を見る。

俺の予想に反し、彼女はニコニコしていた。

「まだ買い替えなくてもいいですよ。その名刺入れ、素敵です」

「えっ？　そうかな？」

どう見てもボロいし、みっともないと思う。そもそも、葵から「使い込んでいる」と指《し》摘《てき》してきたのに、褒めるのは変じゃないか？

……まあいいか。急ぎの用事でもないし、今すぐ買い替える必要はない。

「わかった。買い替えは春頃《はるごろ》にまた検討してみるよ」

「ふふっ。それがいいと思います」

そう言って、葵はキッチンに戻《もど》っていった。「ふんふんふーん♪」と楽しそうに鼻歌を歌いながら、朝食の準備をしている。

……小言も言わないし、妙《みょう》に機嫌《きげん》がいい。ひさしぶりの学校でテンションが上がっているとか？

「雄也くーん。朝ご飯の支度《したく》ができましたよー」

「はーい。今行くよ」

ジャケットのポケットに名刺入れをしまい、席に着く。

今日の朝食はトーストとサラダだった。葵と団らんしながら食べ終え、食器を片付ける。

家を出る時間は俺のほうが早い。出社すべく玄関《げんかん》に向かうと、葵も一緒にとことこついてきた。

「雄也くん。いってらっしゃい」

「いってきます。葵も気をつけて登校してね」

「はい……」

「葵？　どうかした？」

「……えいっ」

葵は抱きついてきた。

急な出来事に対応できず、重心が後ろに傾《かたむ》く。俺は半歩下がってバランスを取り、葵の体をしっかりと支えた。

「寂《さび》しかったので……おもいきってハグしちゃいました」

「そっか。やっぱり葵は甘えんぼさんだね」

「子どもっぽいですか？　……ううん。今は子どもっぽくてもいいです」

葵は俺の胸に顔をうずめた。「これで夜まで会えなくても我慢《がまん》できます」とつぶやき、上目遣《うわめづか》いで俺を見る。

普段は大人っぽく見られたいのに、甘えるときだけ年下の女の子に戻るの、反則だろ。

「ずるいんだよなぁ……」

「え？　何か言いましたか？」

「なんでもないよ。今日も定時で帰ってくるからね」

「はい。約束ですよ？」

葵の笑顔がまぶしすぎて、くらっとする。

……このまま部屋で彼女とまったり過ごしたいという、ダメな大人の思考が脳裏《のうり》をよぎる。

俺はまだ休みボケしている自分に苦笑するのだった。

◆

とはいえ、俺だって社会人。葵には「わかった、約束する！」と言い残し、断腸の思いで家を出た。

葵は学業と家事を両立している。俺が「やだやだ、仕事行きたくない！　葵と家でまったりしていたい！」なんてダサいこと、冗談《じょうだん》でも言えるわけがなかった。

最近、葵は俺のことを褒めてくれる。クリスマスの日も「おっさんじゃなくて、かっこいいお兄さん」と言ってくれた。この調子で仕事も家事も頑張《がんば》って、デキる大人の男にならなければ。

職場に着く頃《ころ》には、頭はすっかり仕事モードに切り替わっていた。

オフィスの入り口のドアを開け、挨拶する。

「おはようございます……ん？」

すでに数名の社員は出社していたが、誰《だれ》もこちらを見ていない。みんな一か所に集まり、深刻な顔をして黙《だま》りこくっている。

……このお通夜《つや》のような空気はひさしぶりだ。何度か経験したことはあるので、だいたい察しはつく。

自席に鞄《かばん》を置いた後、みんなが集まる場所に向かった。

社員の輪の中心には女性社員がいる。俺の一つ上の先輩《せんぱい》の山田さんだ。申し訳なさそうに何度も頭を下げている。

「すみません、すみません……！」

「起きてしまったことは仕方がないさ。それよりも、これからどうするかを一緒に考えよう。大丈夫《だいじょうぶ》だよ。私たちがついているから」

必死に謝《あやま》る山田さんを千鶴《ちづる》さんが慰《なぐさ》めている。

俺の中で予感は確信に変わっていた。

きっと何か重大なミスが発覚し、トラブルを抱《かか》えているのだ。

「千鶴さん。何があったんですか？」

声をかけると、千鶴さんはこちらを向いた。

「ああ、雄也くん。実は少々やっかいな問題が起きている。ある顧客《こきゃく》から頼《たの》まれていたシステム開発の案件があるんだが、設計の段階で重大なミスがあってな。そのミスに気づかないまま構築してしまったんだ。それが納品後にわかってしまって……」

「納品後に⁉ それは大変だ……ところで、それって事前に発見できなかったんですか？」

通常の作業工程であれば、出来あがったプログラムの動作テストをおこなう。このテストの段階でミスに気づけそうなものだけど……。

疑問に思っていると、山田さんが泣きそうな顔をこちらに向けた。

「納期ギリギリだったのもあって、私が試験を簡略化してしまって……重大な不具合を見つけられなかったんです」

「そうだったんですか……」

……かなりマズい状況《じょうきょう》だな。設計のミスってことは、一日二日で終わる作業量じゃないぞ。

「再納品することになりますよね？ 新しい納期はいつなんですか？」

「現在、先方に不具合を指摘された段階で、詳細《しょうさい》は決まっていないんです」

「……不具合を解消するのに、どれくらい時間はかかりそうですか？」

「複雑なシステムではないですが、それでも二週間くらいは……でも、他のメンバーも次のプロジェクトに着手していて、フル稼働《かどう》で作業に当たることができないんです。やるとすれば、残業しながら進めるしかなくて……」

「二週間でも厳しそうな感じですか……」

「はい……」

再び重たい空気がオフィスにのしかかる。

山田さんの顔は真っ青だった。目元を涙《なみだ》で濡《ぬ》らし、力強く拳《こぶし》を握っている。

ふと昔の自分を思い出す。

まったく仕事ができなかった新入社員時代。俺もよくミスをしていたし、けっしてデキのいい会社員ではなかったと思う。開発中のアプリのデータを削除《さくじょ》するという、大失敗をしたこともあったっけ。

俺がミスしたとき、いつも隣《となり》で励《はげ》まし、手を差し伸《の》べてくれた人がいた。

千鶴さんだ。

彼女《かのじょ》はダメダメな俺を見捨てず、優しい言葉をかけてくれた。「一年目は誰もが初心者だ。これから仕事を覚えていこう」って。「雄也くんだって、いつか立派な戦力になる。そのときまでには酒も飲めるようになっておくんだぞ？」って、ユーモアを交えながら。

残業の日々に疲れ、くたびれサラリーマンだった俺が会社を辞《や》めなかったのは、そんなかっこいい上司がいてくれたからだ。

俺は千鶴さんの仕事ぶりに憧《あこが》れていた。

だけど。

今はもう、憧れているだけの俺じゃない。

「山田さん。俺、手伝います」

「えっ……？」

山田さんは目を丸くして驚《おどろ》いた顔をしている。

「で、でも！　天江《あまえ》くんだっていくつか案件を抱えて大変なんじゃ……」

「大丈夫です。任せてください」

「そんな、私の失敗なのに……」

「誰にでもミスはあると思うんです。俺だって、ヤバいときはいつもみんなに助けてもらっていますから。困ったときはお互《たが》い様《さま》ですよ」

こういうとき、千鶴さんなら真っ先に助けてくれる。「解決策を一緒に考えよう」って優しく声をかけ、導いてくれる。

俺もそんな頼《たよ》りがいのある人になりたい……そう思った。

「……ふふっ。先を越《こ》されてしまったな」

大ピンチだというのに、千鶴さんは嬉しそうに笑っている。

「雄也くん。私も助太刀《すけだち》しよう」

「え、いいんですか？　千鶴さんがいれば百人力です！」

「おいおい。百人は少ないだろう。一騎当千《いっきとうせん》くらい言えないのか？」

冗談で返されたそのとき、後ろから「はいはーい」と声が聞こえる。

振《ふ》り返ると、飯塚《いいづか》さんが挙手していた。

「姉御《あねご》、私も手伝います。スケジュールは雄也くんが管理してくれているので大丈夫そうですし。ね？」

飯塚さんは目尻《めじり》に皺《しわ》を寄せ、お茶目《ちゃめ》に笑った。

彼女はうちのエース。しかも、千鶴さんからは「おしりに火がつくと燃えるタイプ」と太鼓判《たいこばん》を押されている。この危機的状況で手伝ってもらえるのはありがたい。

そのうち他の社員からも「俺に手伝えることある？」「私も少しなら残業できるよ！」と温かい声が上がる。先ほどとは違い、重くて暗い雰囲気《ふんいき》はオフィスから消えていた。

山田さんはみんなに礼を言い、頭を下げた。先ほどまで落ち込んでいたが、今では安堵《あんど》の笑みを浮かべている。

オフィスの光景を微笑ましく眺めていると、飯塚さんが俺のそばに寄ってきた。

「雄也くん、やるじゃん。かっこよかったよ？」

彼女は「うりうり」と肘《ひじ》でわき腹をつついてきた。

「そんな、かっこよくなんて……俺はただ、千鶴さんみたいになりたかっただけで」

「酒豪《しゅごう》になりたいの？」

「そうそう、ピッチャーで直接グイッと……って、あんなに飲めるかい！」

「あっはっは！　たしかにね！」

豪快《ごうかい》に笑った後、飯塚さんは「でもさ」と付け加える。

「さっきの雄也くん、姉御みたいだった。頼れる人だなって思ったよ？」

そう言って、飯塚さんは伸びをしながら自席に戻っていった。

正直、俺と千鶴さんでは何もかもが違う。スキルに関しては天と地ほどの差があるし、彼女のほうがよほど効率的に仕事を回している。

だけど、尊敬する上司のように振る舞えていたのなら、くたびれていたあの頃よりも成長できたのかもしれない。

「雄也くん。ちょっといいかな？」

千鶴さんに手招きされた。

「はい。なんでしょう？」

「このあとなんだがな。私は詳細な情報を共有したのち、顧客に謝罪して納期の相談をすることになった」

「えっ……いや俺が頭下げますよ。言い出しっぺは俺ですし」

「いいんだよ。部下たちの責任を取るのが私の仕事だからね。君の出番はまだ先さ。ここは上司の顔を立てて、かっこつけさせてくれ」

「千鶴さん……」

本当に頼りになる人だ。この人と同じ職場でよかったと心の底から思う。

「わかりました。よろしくお願いします。何もお力添《ちからぞ》えできずに申し訳ない……」

「ははっ。まあそれはいいんだがな。仮に納期を伸ばしてもらったとしても、かなりハードなスケジュールになると思う。君、本当にいいのかい？」

「はい。俺の抱えている案件はバッファを持たせてありますし、問題ないですから」

「仕事の話ではないよ。私が心配しているのは葵ちゃんだ」

「葵……ですか？」

「ああ。しばらく残業地獄《じごく》になると思う。彼女と過ごす時間も減るだろ？　私が気になっているのはそこさ」

「そ、そうだった……！」

不具合の件ですっかり頭から抜《ぬ》け落ちていた。俺は今朝、葵に「定時で帰ってくるからね」って約束したじゃないか。

しかも、残業は今日だけじゃない。しばらくの間、葵に寂しい思いをさせてしまうだろう。

「雄也くん。スケジュール次第《しだい》だが、君への負担は少し減らしておくよ」

「いえ、大丈夫です。言い出しっぺの俺がサボるわけにはいきません。ですが……」

「ん？」

「葵に申し訳なさすぎて落ち込んでいます……約束も守れない駄目《だめ》な男でごめんよ……」

「ぷっ……ははは！　君は本当に面白《おもしろ》いヤツだな！」

千鶴さんは大笑いして俺の背中をばしばし叩《たた》いた。凹《へこ》んでいる後輩《こうはい》をおもちゃにするとか悪魔《あくま》かよ。

「あー、可笑《おか》しかった」

「笑いすぎですよ、千鶴さん。本気で落ち込んでいるんですからね？」

「悪かったよ。あとで私も葵ちゃんに連絡《れんらく》を入れてフォローしておこう」

「ありがとうござい……えっ⁉　どうして葵の連絡先《れんらくさき》を知ってるんですか⁉」

「社員旅行のときに交換《こうかん》したんだ。なんだよ。べつにいいだろう？」

あまりよくはない。この人は未成年に悪影響《あくえいきょう》を及《およ》ぼすに違いないのだ。

俺の抗議《こうぎ》など気にせず、千鶴さんは「よし」と気合を入れ直す。

「さて。まずは打ち合わせからだね。それじゃあ」

そう言って、千鶴さんは去っていった。

先方にも早めに連絡を入れなくてはならない。千鶴さん、今日はめちゃくちゃ忙《いそが》しいだろうな。

◆

俺も仕事を始める前にやらなきゃいけないことがある。

スマホを取り出して、メッセージアプリを起動する。

『今日の昼休み、電話してもいいかな？』

そう葵にメッセージを送信した。

約束が守れなくなったこと、ちゃんと謝らなくちゃ。

不具合の件について進捗《しんちょく》があった。

千鶴さんが先方に連絡を入れたところ、かなりお叱りを受けたようだ。こちらのミスで再納品になったのだから当然である。

あちらから提示された納期は二週間後だった。正直、かなり融通《ゆうずう》を利《き》かせてくれたと思う。きっと千鶴さんが上手《うま》いこと交渉《こうしょう》したのだろう。

こちらには千鶴さんや飯塚さんをはじめとした心強い助《すけ》っ人《と》が多くいる。納期にはなんとか間に合うはずだ。

ただし、俺たちにもそれぞれ抱えているプロジェクトがある。それらと並行《へいこう》して進めなければいけないため、やはり残業は免《まぬが》れない。

午前の仕事が終わり、今は昼休みだ。

普段《ふだん》は外食しに出かける者もいるが、今日は少ない。コンビニで購入した軽食で済ませている人が多いのは、たぶん忙しいからだと思う。かくいう俺も昼食はサンドイッチだ。早々に食べ終えて、オフィスを出る。もちろん、葵に電話するためである。

オフィスビルの裏にある小さな公園にやってきた。平日の昼時だからか、子どもたちの姿はない。

俺は青いベンチに腰《こし》かけて葵に電話をかけた。

数回のコール音のあと、葵の声がスマホ越《ご》しに聞こえてきた。

『はい』

「葵。急に連絡してごめんね。今電話しても平気？」

『大丈夫ですよ。今は昼休みですし、人気《ひとけ》のない校舎裏に来ていますので』

「そっか……あのさ。俺、葵に謝らないといけない」

『謝る？』

「うん。今日、早く帰れなくなった。それだけじゃなくて、しばらく残業が続くと思う」

『……何かあったんですか？』

「実は社内で大きなミスがあって――」

言い訳は一切《いっさい》せず、不具合の発生、それから再納品の手伝いをすることになった経緯《けいい》を葵に説明した。

『なるほど。そんなことがあったんですね』

「ごめんね、葵。約束を破ってしまって。それどころか、しばらく夜遅《よるおそ》くまで仕事になっちゃって……本当に申し訳ない」

葵は寂《さみ》しがり屋《や》だ。今日も出勤前に抱きついてきて、夜まで寂しさを我慢すると言っていた。残業の日々が続くと聞かされて、がっかりしただろう。

不安に思っていると、

『わかりました。お仕事頑張ってくださいね。ふぁいと、おー、です！』

予想外の明るい声が返ってきた。

「葵。平気なの？」

『いえ。大丈夫だと言ったら嘘《うそ》になります』

「だよな……本当にごめん」

『謝らないでください。寂しいですが、それ以上に嬉《うれ》しいんですから。雄也くんが、雄也くんらしいことをしているので』

「俺《おれ》らしい？」

『かっこいい、という意味です』

だって、そうでしょ？

そう付け加えて、葵は話を続けた。

『雄也くんはお仕事でミスをしてしまった同僚《どうりょう》のために、率先《そっせん》してお手伝いを申し出たんですよね？』

「えっと……そうなるのかな」

『なら納得《なっとく》です。私はそういう優しくて頼りがいのある雄也くんのことを好きになったんですから』

「葵……」

『ふふっ。もし同僚を見捨てて定時帰宅していたら、怒《おこ》っていたかもしれませんね』

葵は冗談っぽく言って笑った。

思いがけない言葉に胸が熱くなる。

そうは言っても、葵だって俺と過ごす時間が減って悲しいはずなのだ。未《いま》だにクマのぬいぐるみと会話して、寂しさを紛《まぎ》らわしているくらいだし。

それでも笑いながら俺の背中を押《お》してくれた。

遠慮《えんりょ》ではなく、我慢をして、俺に「頑張れ」とエールを送ってくれるなんて……葵の心《こころ》遣《づか》いには感謝しかない。

こんなにも健気《けなげ》で優《やさ》しすぎる彼女に元気をもらったんだ。頑張らないわけにはいかないな。

「ありがとう、葵」

『どうしてお礼を言うんですか。変な雄也くんです』

「俺をいつも支えてくれるからだ。好きだよ、葵」

『そ、そんな恥ずかしいこと電話で言わないでください』

「わかった。会って直接伝える」

『な、なに言って……ばか』

拗《す》ねるような声で言うので、おもわず笑ってしまった。

「あはは。でも、本当に感謝しているんだ。仕事、頑張るよ」

『はい。晩ご飯は作っておくので、チンして食べてください』

「ありがとう。助かるよ」

『もう。大袈裟《おおげさ》なんですから……あ、チャイム。そろそろ戻らないと』

「そっか。じゃあ、もう切るね」

『はい。帰りは夜遅いでしょうから気をつけてくださいね。それから間食はチョコレートがおすすめです。ブドウ糖やカカオポリフェノールが含まれているので……あ、でもたくさん食べてはいけませんよ？　逆に体に悪いですから。あと寝不足《ねぶそく》は仕事の天敵ですので、帰宅したら早く寝ること。それと――』

スマホ越しに聞こえる小言が、いつも以上に愛《いと》おしい。

俺は葵の忠告を「うん、うん」と笑顔《えがお》で相づちを打ちながら聞くのだった。

◆

残業初日。

オフィスを出たのは夜の十一時頃だった。千鶴さんが指揮を取り、数人の社員が夜遅くまで仕事に追われていた。

その中には飯塚さんもいた。社内で一番仕事の早いプログラマーの彼女には、千鶴さんも多めにタスクを与《あた》えているようだった。あの飯塚さんが「ひーん。姉御が鬼《おに》だぁ」と泣きごとを言っていたくらいだ。

だが、そこはやはり面倒見《めんどうみ》のいい上司。千鶴さんはドーナツを差し入れしたり、声をかけたりして、飯塚さんのメンタルを気にかけていた。どれだけ忙しくても周りが見えているあたり、本当にすごいと思う。

こんなに夜遅くまで残業するのはいつ以来だろう。葵と暮らし始めてからは、ほとんどなかったと思う。

でも、一人で仕事を抱えていたあの頃とは状況が違《ちが》う。今は仲間と協力して、目標達成に向けて仕事をしている。それだけで心強かった。

帰宅すると、部屋は暗かった。葵はもう寝ているのだろう。

「……静かだな」

いつもは葵が笑顔で出迎《でむか》えてくれる。今日はそれがない。寂しさを感じつつ、部屋の電気をつけた。

テーブルの上には生姜焼《しょうがや》きがラップをされて置かれていた。その隣には揚《あ》げ餃子《ギョーザ》もある。かなりお腹《なか》が空《す》いているので、おかずが多いのはありがたい。

おかずのそばには手書きのメモがあった。「サラダは冷蔵庫に入っています」と書かれている。

「……ありがとね、葵」

ちょうど感謝の言葉を口にしたとき、葵の寝室《しんしつ》のドアが開いた。

「雄也くん、お帰りなさい。お仕事お疲れ様です」

葵はパジャマ姿だった。眠《ねむ》たそうな目を擦《こす》りながら微笑《ほほえ》んでいる。

「ただいま。ごめん、起こしちゃった？」

「いえ。うとうとはしていたのですが、あまり眠れませんでした。雄也くんがちゃんと晩ご飯を食べられるか心配で」

お嫁《よめ》さんどころか、過保護すぎるお母さんの言い方だった。電子レンジくらい使えるんだけどな……。

「そっか……今日みたいに帰りが遅《おそ》くなる日が続いちゃうと思う。こんな時間まで起きてたら疲れちゃうから、ちゃんと寝てね？」

「はい。でも、雄也くんのほうがお疲れだと思います。よく頑張りましたね。えらいです」

葵は背伸《せの》びをして、俺の頭をなでた。

こんなご褒美《ほうび》があるのであれば、いくらでも頑張れる。

……なんて言うと、葵がまた甘えたくなってしまうかもしれない。惚気《のろけ》るのはやめておこう。

「よし！　葵の美味しい料理を食べて元気だすか！」

「でしたら、明日もお料理頑張らなきゃですね」

「じゃあ、俺ももっと仕事を頑張れるな。すごい。元気の無限ループだ」

「ふふっ。なんですか、それ。変な雄也くん」

こんな他愛《たあい》もない話をする時間さえわずかしかない。くっ……葵をいっぱい甘やかせたいのに！

デレデレな感想を抱きながら、おやすみの挨拶《あいさつ》を交《か》わした。葵は名残惜《なごりお》しそうに部屋に戻っていく。

おかずを電子レンジで温め、冷蔵庫からサラダを取り出した。

晩ご飯を食卓《しょくたく》に並べ、椅子《いす》に腰を下ろす。

いつも向かいに座《すわ》っている葵の姿はそこにはない。

「いただきます」

静かな室内に俺の声はよく通った。

ひさしぶりに一人で食べる晩ご飯は、やっぱり寂しかった。

◆

一晩ぐっすり寝て、朝を迎《むか》えた。

身支度《みじたく》を終えて食卓に着く。

テーブルには和食が並んでいた。ご飯と焼き鮭《ざけ》、お味噌汁《みそしる》、それから大根サラダ。これぞ日本人の朝、というメニューである。

制服姿の葵はエプロンを外し、席に座った。

二人で「いただきます」をしてから箸《はし》を持つ。

「うん。この鮭おいしいね」

感想を口にするが、返事はない。葵は俺をじっと見つめ、何か言いたそうに口をもごもごしている。

察した俺はいったん箸を置いた。

「葵。どうかしたの？」

「あの……実は雄也くんに相談があるんです」

葵は真面目な顔でそう言った。

相談か……なんだろう。

今まで葵のお願いをたくさん聞いてきたけど、ここまで真剣な面持《おもも》ちで言われたことはない。

ただならぬ覚悟《かくご》を感じた俺は背筋を伸ばした。

「相談ってなに？」

「その……私、アルバイトをしてみたいです」

「アルバイト？」

正直、驚いた。葵はそういうことを積極的にやるタイプじゃないと思っていたからだ。

条件には口出ししてしまうかもしれないが、アルバイトをすること自体は悪いことじゃない。いいと思う。

ただ、一つだけ気になっていることがある。葵が急にアルバイトがしたいと思った動機だ。

まさかとは思うけど……。

「もしかして、俺が渡《わた》しているお小遣《こづか》い少なかった？」

「えっ？」

「ごめん。社会人にもなると、最近の高校生の財布《さいふ》事情に疎《うと》くて……そっか。女の子は化粧品《けしょうひん》とか買うし、男の子よりもお金がかかるよな。わかった。今日の昼休みにでも涼子《りょうこ》おばさんに連絡を取って、早急《さっきゅう》に金額のすり合わせを……」

「ふふっ。なんですか、それ。全然違いますよ」

よほど見当違《けんとうちが》いのことを言ってしまったのか、葵は笑っている。

「違うの？　てっきり、お小遣いが足りないからアルバイトがしたいのかと思ったよ」

「いえ。お小遣いは足りています。心配しないでください」

「よかった。じゃあ、どうしてアルバイトをしたいって思ったの？」

「それは……実は瑠美《るみ》さんに誘《さそ》われたんです」

「瑠美ちゃんに？」

「ええ。瑠美さん家のご近所の喫茶店《きっさてん》で一緒《いっしょ》に働かないかって。そこのスタッフさんが旅行に出かけたり入院したりで……一時的に人手が不足していて、急募《きゅうぼ》中みたいなんです」

「一時的に……ってことは短期バイトなの？」

「はい。シフトに入るのは二週間前後の予定だと言っていました。瑠美さん、その喫茶店のオーナーとは家族ぐるみの付き合いだから、どうしても助けてあげたいと言っていて……私も力になってあげたいんです」

なるほど。そういう理由があったのか。

瑠美の知り合いの店なら安全だし、過酷《かこく》な労働環境《かんきょう》でもなさそうだ。俺としては安心できる。

アルバイト初心者の葵も友達と一緒なら気が楽だろうし、いい社会経験にもなるだろう。

それに、短期バイトなら学業に支障をきたすようなこともないはずだ。

うん。許可しても大丈夫だろう。

緊張《きんちょう》した面持ちの葵に、俺は笑顔を投げかけた。

「バイトの志望動機が葵らしくていいね……わかった。バイトしてもいいよ」

「本当ですか？」

「うん。ただ、念のため涼子おばさんにも許可を……」

「あ、それは昨日のうちに連絡しておきました」

「もうしたの⁉」

「はい。とても乗り気でした。『葵の働いている姿が見られないのが残念だわぁ』と悔《くや》しがっていたくらいで」

「そ、そうなのか……」

さすがにそのためだけに日本に戻ってきたりしないよな？　娘《むすめ》が大好きなあの人のことだから、可能性がゼロじゃないところが怖《こわ》い。

「雄也くん。許可してくれてありがとうございます」

「どういたしまして。驚きはしたけど、嬉しかったんだ。葵が自分のやりたいことを主張してくれたから。初めてのお仕事、頑張ってね」

「はい！　頑張ります！」

にっこり笑い、焼き鮭をほぐし始める葵。とても嬉しそうだ。よほど瑠美と喫茶店で働きたかったらしい。

そんなにバイトがしたかったのか……そういえば、俺も高校時代はバイトに憧れがあったっけ。年頃《としごろ》の子はそういうものなのかもしれないな。

「面接に行く日は決まっているの？」

「雄也くんに許可を頂けたので、今日お店に行ってきます。面接後、すぐシフトに入ってもらうかも、と言っていました」

面接に行ってすぐ働くのか。本当に人手不足なんだな。

「はあ。残業がなければ、葵が働いている姿を見に行けたのに。残念だ」

「来ちゃだめです。恥《は》ずかしいもん」

「逆の立場になって考えるんだ。もし俺の職場を見学できたら、葵はどうする？」

「絶対に見に行きます」

「来ちゃ駄目だよ。恥ずかしいもん」

「むー！　真似《まね》するの禁止です！」

ほっぺたをふくらませて怒る葵がおかしくて、おもわず笑ってしまった。

こんなふうに温かい時間を過ごせるのも朝だけだ。しばらくの間、夜はほとんど会えなくなるだろう。

だからこそ、この朝の時間は大切にしたい。

とはいえ、特別なことはしなくてもいいと思う。葵の元気な笑顔が見られたら、それでいい。

「あはは。葵のものまね、似てなかった？」

「そういう問題ではありません！　まったくもう……ふふっ」

見つめ合うと、お互い自然と頬《ほお》が緩《ゆる》む。

昨晩の一人ご飯とは打って変わり、楽しい朝食タイムを過ごすのだった。

◆

その日の午後のことである。

席を立ち、窓の外を見る。陽は西に沈《しず》みかけ、街は茜色《あかねいろ》に染まっていた。例の不具合の件は残業して進める予定になっている。今はまだ定時前。俺たちはそれぞれの抱えるプロジェクトを普段どおり進めていた。

俺は飯塚さんのデスクに向かい、彼女に声をかけた。

「飯塚さん。去年の暮れにお願いした件は……」

「バッチリだよ、雄也くん！　順調！　快調！　係長、ってね！」

「そ、そうですか。ありがとうございます……」

「おうとも！　安心したまえ、後輩くん！」

飯塚さんは得意気に胸を張った。

今日は妙《みょう》にテンションが高いな。普段よりも目力が強い気がするし……なんでこんなに元気なんだ？

戸惑《とまど》いつつ、彼女のデスクに視線を移す。そこには空のエナジードリンクが転がっていた。

俺は知っている……飯塚さんがエナドリを飲んだということは、納期に追われて残業上等モードに突入《とつにゅう》した証！

なるほどな。残業に向けてすでに臨戦態勢ってわけか。

「あ、そうそう。さっき姉御が雄也くんを探してたよ」

「え、俺ですか？」

なんの用だろう。このあと進める作業の打ち合わせかな？

「わかりました。俺、千鶴さんのところへ行ってきますね。失礼します」

「はーい。いってらっしゃーい」

手を振る飯塚さんに会釈《えしゃく》して、千鶴さんのデスクへと向かう。

……うん？

千鶴さんのデスクの方角から壮絶《そうぜつ》な打鍵《だけん》音が聞こえる。近づくにつれて音は大きくなっていった。

カタカタカタカタカタカタ！

カタカタカカカカカカカカカッッッッ！

カッターンッ！

千鶴さんはデタラメな速さでキーボードを打鍵していた。あんな速さでキーを打っていたら壊《こわ》れるぞ。

打ち終えたのか、千鶴さんはふぅとため息をついた。

「思ったよりも難しいものだな。マインスイーパーというのは」

「マインスイーパーやってたの⁉」

あれ高速タイピングでやるゲームじゃなくね⁉

「おや、雄也くん。ちょうどいい、探していたんだ」

「探していたようには見えませんでしたけど……」

「そう睨《にら》むなよ。マインスイーパーは冗談《じょうだん》さ。ほら」

千鶴さんが指さすPC画面を見ると、文字でびっしりと埋《う》まっていた。どうやらコードを書いていたらしい。

「よかった。ちゃんと仕事をしていたんですね。安心しました」

「君は私を何だと思っているんだ。今は仕事中だぞ? 酒を飲みたくなっても遊んだりはしないさ」

「酒も駄目ですけどね！」

千鶴さんの場合、エナドリの代わりに缶《かん》ビールとかありえそうで不安になるわ。

「いかん。冗談のつもりが、だんだん飲みたくなってきた。ああ、酒が恋《こい》しい……は？

今、私のことを酒が恋人の駄目人間と言ったか？」

「いや何も言ってないですって……ところで、俺に用があったんじゃないですか？」

「ああ、そうだった」

千鶴さんは俺の肩《かた》にぽんと手を置いた。

「雄也くんに仕事だ。定時まであと三十分ほどある。残業するなら、そろそろ休憩《きゅうけい》したまえ」

「休憩？　いや、別に大丈夫《だいじょうぶ》ですけど……」

「まあそう言うな。体を休めるのも仕事の内だ」

それに、と千鶴さん。

「帰りが遅くて葵ちゃんとロクに会話もできていないのだろう？　休憩中にメッセージを送るもよし。電話するもよし。何かしら連絡を入れてあげたらどうだ？　彼女、寂しがり屋なのだろう？」

「葵のことまで……」

こんなに忙しいというのに、部下のプライベートのことまで気にかけて……やっぱり千鶴さんはすごいや。

「ありがとうございます、千鶴さん。休憩いただきますね」

「いってらっしゃい。さて、私も一休みするかな……雄也くん。あとで惚気話を聞かせてもら――」

「言わないよ⁉」

「はっはっは。葵ちゃんの甘《あま》えぶりに期待しているよ。それじゃあ」

冗談を言い残し、千鶴さんは離席《りせき》した……冗談だよね？　惚気話なんて絶対にしないからな？

「さてと……俺も葵に連絡しに行くか」

オフィスを出て、ビルの二階にあるカフェに入った。

レジでコーヒーを注文し、カップを持って空いている席に座る。

コーヒーを飲みつつ、スマホを取り出した。

今頃《いまごろ》、葵は面接中だろうか。

今日から働くかもしれないと言っていたっけ……連絡しても大丈夫かな？

とりあえず、メッセージを送ってみよう。

『面接お疲《つか》れ様。どうだった？』

送信すると、すぐに既読《きどく》がつく。

『雄也くんもお疲れ様です。私のほうは無事採用でした』

メッセージのあとに、続けてドヤ顔をしているクマのスタンプが送られてきた。

『おめでとう、葵！　やったね！』

『ありがとうございます。早速《さっそく》、今日から働くことになりました』

『そうなんだ。お仕事、頑張《がんば》ってね。今は何してるの？』

『オーナーさんが制服を用意してくれるとのことで待機中です』

『へえー。やっぱり制服あるんだ』

『はい。初めてのアルバイト、ちょっと緊張しますね……』

『葵なら大丈夫だよ。失敗してもいいから、落ち着いて頑張っておいで』

家での葵を見ている限り、仕事はテキパキこなすだろう。接客は……少し人見知りなところがあるから心配だ。

ああ。残業がなければ、仕事帰りにでも喫茶店に立ち寄れたのに。葵が立派に働いている姿をこの目で見て、涼子おばさんにも報告したかったなぁ。

コーヒーをすすりながら返信を待つが、新着メッセージはない。もう制服に着替《きが》え、仕事の準備をしているのだろうか。

今日のところは、葵にエールを送れただけでもよしとしよう。

メッセージアプリを閉じようとしたとき、葵から写真が送られてきた。葵と瑠美のツーショットだ。

コーヒーを飲みながら写真を確認《かくにん》する。

「あっ、制服姿の写真……ぶほっ！」

予想外の写真を見て、おもわずコーヒーを噴《ふ》いてしまった。

二人が着ているのはメイド服だった。

頭には白いカチューシャ。胸元《むなもと》には細めの赤いリボン。黒いロングワンピースの上に純白のエプロンを着ている。肌《はだ》の露出《ろしゅつ》はなく、クラシックなタイプだ。

はにかむ葵の姿は、まるで主人に仕える健気で一途《いちず》なメイドのようだった。一方、瑠美は元気いっぱいなお茶目《ちゃめ》なメイドといったところか。

どうしよう。可愛《かわい》すぎてつらいんだが。こんな美少女メイドが出迎えてくれる喫茶店《きっさてん》が存在していいのか？

ドキドキしていると、葵からメッセージが来た。

『どうですか、雄也くん。びっくりしましたか？』

『うん。すごく驚《おどろ》いたよ。制服、似合ってるね』

『ありがとうございます。お泊《と》まり会で雄也くんがメイド服姿の私を見たいと言っていた

17:3
どうですか、

ので……サプライズ成功ですね！』

そういえば、そんなことも言っていたな……ほとんど冗談みたいな会話だったけど、覚えてくれていたのか。

『ありがとね、葵。おかげで元気が出てきたよ』

『よかったです。雄也くんもお仕事ふぁいと！』

『うん、頑張るよ……ところで、喫茶店ってまさかメイド喫茶じゃないよね？』

『違いますよ。昔ながらの純喫茶です。この服はオーナーさんの趣味《しゅみ》らしいです』

『めっちゃ公私混同じゃん……じゃあ、メイドさんみたいな接客はしないんだ？　ほら、よく漫画《まんが》やアニメであるじゃない。オムライスに「おいしくなーれ」って魔法《まほう》をかけるやつ』

『あ、あんな恥ずかしいことしません。ばか』

『あはは。だよね』

『その……おうちでなら、やってあげてもいいですよ？』

この文面だけで、葵が照れている様子が目に浮《う》かぶ。

「おいしくなーれ、か……」

メイド服姿の葵が両手でハートマークを作り、「おいしくなーれ、おいしくなーれ！　萌《も》え萌え、きゅん☆」と言っている姿を想像してみる……うん。可愛すぎて、オムライス十皿はいけるな！

恥ずかしそうに魔法をかける葵を見たい気持ちはあるが、俺は大人だ。「わーい！」と声をあげて喜ぶわけにもいかない。平静を装《よそお》って返信しよう。

『そんなことしなくても、葵のオムライスは美味《おい》しいよ。たまごがふわっとしているの大好き』

『本当ですか？　では、今晩はオムライスにしておきますね』

『やった。楽しみにしてるよ』

『はい。あ、そろそろ仕事みたいです。行ってきますね。雄也くんも無理なさらず』

『ありがとう。頑張ってね』

メッセージのやり取りを終え、コーヒーを飲む。

なんだか身も心も軽くなっている気がする。葵と会話ができて、リフレッシュできたのかもしれない。

「さて。俺も仕事に戻《もど》るか」

カップを返却口《へんきゃくぐち》に置き、「ごちそうさまでした」と一声かけて店を出る。外はもう薄暗《うすぐら》くなっていた。

これから残業が始まる。明日以降も夜遅くまで仕事をしなければならない。

だけど、くたびれサラリーマンだったあの頃《ころ》よりも辛《つら》くなかった。

――早く残業の日々を終えて、また葵と二人で晩ご飯が食べたい。

そんな心の支えがあるから、どんな仕事でも頑張れるのだ。

◆

残業五日目。

時刻は午後四時を過ぎている。

俺は例のカフェで休憩中だ。

最近、休憩時間は葵とメッセージのやり取りをするのが日課になっている。もっとも、葵も仕事前なので、繋《つな》がっていられる時間は限られているのだが。

『聞いてください、雄也くん。昨日は初めてレジ打ちをやらせてもらいましたよ』

『すごいじゃん。ちゃんとできた？』

『もちろんです。オーナーさんには「物覚えがいい」って褒《ほ》められちゃいました』

『そっか。初めてのバイトがいい職場でよかったね』

『はい。バイト先の方はみんないい人ですし、お客さんも気さくな人が多くて。アットホームな職場です』

『あはは。なんだか求人広告みたいな言い方だな』

『ふふっ。事実ですもん。そうそう、昨日は瑠美さんが大失敗をしてしまいまして──』

葵はバイト先で起きたことを、些細《ささい》なことでも嬉しそうに教えてくれる。

俺と葵が面と向かって会話できるのは朝の時間帯だけだ。

だから、こうしてコミュニケーションを取るのは大事だと思う。葵も寂《さび》しさを紛らわせるだろうし、俺も葵の話を聞いて元気をもらえるから。

『葵。そろそろ仕事の時間じゃない？』

『あ、そうですね。もっとお話ししたいことがたくさんあるのですが、仕方ありません。仕事ですから』

『お、なんか大人っぽい』

『ふふっ。私はもう大人の女性ですよ？　では、雄也くんも頑張ってください』

うん。葵も頑張ってね。

そう返信しようと思ったとき、スマホが振動《しんどう》した。

……葵からの着信だ。

どうしたんだろう。何か緊急《きんきゅう》の伝言でもあるのだろうか。

画面をタップし、スマホを耳に当てる。

「もしもし。葵？　どうかしたの？」

『その……ほんのちょっとだけ、なんですが』

「うん？」

『ちょっとだけ、雄也くんの声が聞きたくなってしまいました……』

か細くて甘えるような声だった。

さっきは大人っぽいと思ったけど、今はもうすっかり甘えんぼの年下彼女《かのじょ》だ。

「……この甘え上手さんめ」

『え？　なんて言ったんですか？』

「いや。俺も葵の声が聞けて嬉しいよって言ったの」

『むー。なんか嘘くさいです。さては子ども扱《あつか》いしましたね？』

「あはは。してない、してない」

『むー！』

怒る葵をなだめつつ、「仕事頑張って」とエールを送って通話を切った。

「声が聞きたくなった、か……」

電話で葵はそう言っていた。

残業するようになってから、葵は露骨《ろこつ》に甘えてきたりしなかった。だから、さっき急に甘えてきたことに驚いてしまった。

……やっぱり寂しいんだろうなぁ。

残りのコーヒーを飲みながら、申し訳ない気持ちになるのだった。

◆

終わらない残業の日々。

刻一刻と迫《せま》る納期。

疲労《ひろう》を感じつつも、俺たちは順調に仕事をこなしていた。

慌《あわ》ただしくオフィスを走る俺。

エナドリの数に比例して打鍵速度を上げていく飯塚さん。

たまに「びーるぅ」と恋人に甘えるような声を出しつつも、テキパキと仕事をする千鶴さん。どうやら仕事帰りに居酒屋に寄る時間がないため、ストレスが溜《た》まっているらしい。

ビールが原動力の人なので、少し気の毒だ。

そんなこんなで少しずつだけど、ゴールが見えてきた。

そして迎えた、残業十二日目。時刻は午後十時を過ぎている。

こんな夜遅《よるおそ》くだというのに、オフィスには再納品チームの社員が残っていた。みんなの視線は千鶴さんに集まっている。

「みんな、聞いてくれ」

そう言って、千鶴さんはふっと表情を和《やわ》らげた。

「先ほど一通りシステムの確認を終えた。明日の朝には無事に納品できる」

その報告を聞き、誰《だれ》もが安堵《あんど》の声を口にした。

千鶴さんはみんなの顔を見て満足気に頷《うなず》き、話を続ける。

「残業が続く中、弱音も吐《は》かずによく頑張ってくれたね。納期に間に合ったのはみんなのおかげだ。ありがとう。そして……お疲れ様でした！」

千鶴さんの挨拶が終わると同時に、社員たちから「お疲れ様でした！」の声が上がった。みんな笑顔を浮かべながら、近くの席の者同士で労《ねぎら》いの言葉をかけ合っている。

「……ふぅ。終わったぁ」

安堵したせいか、そんな気の抜《ぬ》けた言葉が口から漏《も》れた。

これで明日からは定時で帰れる。ひさしぶりに葵と一緒に夕食の時間を過ごせるぞ。

ウキウキしながら帰り支度《じたく》をしていると、

「あの、天江くん」

不意に声をかけられた。

視線を向ける。

そこには、自分のミスに責任を感じていた女性社員――山田さんが立っていた。

「山田さん。納期に間に合いましたね。お疲れ様でした」

「お疲れ様でした。今回は本当にありがとう。天江くんのおかげで助かりました」

「あはは。俺《おれ》だけじゃないですよ。みんなの頑張りがあってこそ、でしょ？」

「うん。でも、みんなを巻き込《こ》んでくれたのは天江くんだから。私、とっても感謝してるんです」

「そ、そうですか？　なんだか照れくさいですね、あはは……」

「頼《たよ》りない先輩《せんぱい》でごめんなさい……私、もっと仕事頑張るから！　天江くんがピンチのとき、助けてあげられる先輩になる！」

「山田さん……」

「ふふっ。帰る前にお礼と決意表明がしたかったんです。それじゃあね、天江くん」

そう言い残し、山田さんは手を振《ふ》りながら去っていった。

ピンチのときに助けてあげられる先輩、か。

その言葉を聞き、真っ先に思い浮かぶ人物は千鶴さんだった。

俺は、少しでも千鶴さんに近づくことができたのだろうか。

「……ははっ。さすがに百年早いかな」

偉大《いだい》な先輩の背中は、まだちょっと遠いけど。

少しでも近づけていたら嬉《うれ》しいな。

そんなことを考えながら、帰り支度の続きをするのだった。

◆

その後、俺は千鶴さんと飯塚さんと一緒にビルを出た。二人とも疲れているはずなのに、どこか満足気な顔をしている。

「ようやく終わったな。二人とも、本当にお疲れ様」

千鶴さんのねぎらいの言葉に、俺たちは笑顔《えがお》でうなずいた。

「いやーキツかったですね、飯塚さん」

「だねー。雄也くんが遅くまで残業しているの、ひさしぶりに見たかも」

「あはは。それは飯塚さんも同じでしょう？」

「まーね。これでエナドリ生活とはおさらばだー」

そう言って、飯塚さんはグッと背伸びをした。エナドリ生活という単語がツボだったのか、千鶴さんは笑っている。

「ははは。飯塚くんは流石《さすが》の仕事ぶりだったな……そうだ。二人とも、明日あたり飲みに行かないか？　予定は空いているかい？」

千鶴さんはグラスを持つジェスチャーをしてそう言った。

今日はもう遅い。明日の予定を聞いてきたのは、日をあらためて飲もうという配慮《はいりょ》だろう。

魅力的《みりょくてき》なお誘いだけど、明日は葵とひさしぶりにゆっくり食事がしたい。お断りさせていただこう。

「すみません、千鶴さん。その、飲みはまた今度に……」

「ふふっ。雄也くんはそう言うと思ったよ。飯塚くんはどうかな？」

千鶴さんが尋《たず》ねると、飯塚さんは気まずそうに「すみません」と断った。

「姉御《あねご》と飲みに行きたい気持ちはあるんですけど、明日はちょっと……」

「気にしないでくれ。予定があるのなら仕方がないよ……ん？　飯塚くん。なんだ、そのだらしない笑顔は。まさか予定って……！」

「えへへ。彼《かれ》と食事に行くんです」

ピシッ、と音を立てて固まる千鶴さん。

うわっ！　飯塚さんの幸せオーラを正面から浴びて石化している……！

「今日は早く寝《ね》て、明日のデートに備えなきゃ。お疲れ様でしたー！」

飯塚さんはぶんぶんと手を振って駅へ向かっていった。

可愛らしいというか、微笑《ほほえ》ましいというか。なんだか幸せをおすそ分けしてもらった気分になる。

……もちろん、そうでない人もいるが。

「千鶴さん。大丈夫ですか？」

「なんかさ。最近、飯塚くんが私に冷たいんだ」

「仕方ないですよ。付き合いたてでしょ？　今が一番楽しい時期じゃないですか」

「頭では理解している！　だが、心が納得《なっとく》していないんだ！　うわーん！」

「大人が道端《みちばた》で愚図《ぐず》るのやめてくれます⁉」

俺の尊敬する上司が幼児退行してしまった。まったくもう。駄々《だだ》っ子じゃないんだから
……。

「元気だしてくださいよ、千鶴さん。せっかく残業から解放されたんですから」

「ううっ。入社したての頃の飯塚くんは『私、姉御みたいに仕事ができる社員になりたいです！』と言って慕《した》ってくれていたのに……あの頃の可愛い飯塚くんはどこへ行ってしまったんだ」

もうすでに酒でも飲んでいるかのような愚痴《ぐち》のこぼし方である。それだけ飯塚さんに懐《なつ》かれていたんだなぁ。

「大丈夫。飯塚さんは、きっと今も慕っていますよ」

妙なところで落ち込む上司を慰《なぐさ》めつつ、帰路につくのだった。

◆

納品が終わった翌朝。

身支度を済ませた俺は、いつものように葵と一緒に朝食を取っている。

「雄也くん！　アルバイトの件ですが、昨日が最終日でした！」

「お給料もいただけたんです！」と興奮気味の葵。俺も初めてバイト代を貰《もら》ったときは感動したっけ。

「バイトお疲れ様。どう？　いい経験になった？」

「はい。楽しかったですが、労働の大変さも少しだけわかりました……雄也くんは毎日お仕事してえらいです」

「あはは。でも、楽しいこともあるからね。辛いだけじゃないよ……ところで、俺も葵に報告があるんだ」

「報告？」

「ああ。ちょうど昨日で残業が終わったよ」

「本当ですかっ⁉」

がたっという音を立て、葵は勢いよく立ち上がった。

「じゃあ、今日は……」

「うん。定時で帰ってくる。ひさしぶりに一緒に晩ご飯を食べような」

「はいっ！　では、雄也くんの大好きなハンバーグを用意しなきゃです！」

嬉しそうに言って、葵は席に座《すわ》り直した。「用意するのはデミグラスソース。それから付け合わせは……」と献立《こんだて》を考えている。

「葵、気合入ってるね」

「当たり前です。ひさしぶりに雄也くんとまったりできるので」

「そうだね。俺も楽しみだ」

「ふふっ。間に合ってよかったですね」

「間に合って？　何に？」

「えっ？　あ、その、えっと」

何気なく聞き返したら、葵はあたふたし始めた。

「葵？　どうかしたの？」

「いえ、その……納期に間に合ってよかったですね、と言いたかったんです」

「ああ、そういう意味。先輩たちの助けがあったからね。あのとき、千鶴さんたちにフォローされていなかったらと思うとゾッとするよ」

「そ、そうですか。千鶴さんも飯塚さんもいい先輩ですものね……ほっ」

何故《なぜ》か安堵のため息をつく葵。

さっきから挙動がおかしいけど……まあいいか。追及することのほどでもないし、言いたくないこともあるだろう。

「葵の作るハンバーグ、楽しみにしてるよ」

「はい。ご馳走《ちそう》を用意して待っていますので、お仕事頑張ってくださいね」

「あはは。なんだか新婚夫婦《しんこんふうふ》の会話みたいだ」

「し、新婚⁉　そ、そういうつもりでは……」

葵は顔を赤くしてもじもじし始めた。何か言いたげに俺をじっと見つめている。

そして、おもむろに口を開いた。

「早く帰ってきてくださいね……あなた」

なっ……新妻モード発動だと⁉

葵はさらに顔を赤くして、泣きそうな顔でこっちを見ている。「恥ずかしいから何か言ってくださいよぉー！」と顔に書いてある。

いかん。マジで何か言わないと、この甘ったるい雰囲気《ふんいき》は終わらないぞ。

「……わかった。奥さんのために頑張ってくるよ」

「はぅぅ……！」

葵は変な声を漏らして黙《だま》ってしまった。いやそっちこそ何か言ってくれ。羞恥心《しゅうちしん》で死にそうだ。

二人で恥ずかしがりながら、朝食を取るのだった。

◆

PCをシャットダウンし、スマホを確認する。

時刻は午後六時を過ぎていた。仕事も終わったし、今日はもう帰ろう。

俺は席を立ち、隣《となり》の席の千鶴さんに声をかけた。

「お疲れ様です。お先に失礼します」

「お疲れ様、雄也くん。気をつけてな」

にっこり笑顔で挨拶《あいさつ》を返す千鶴さん。昨夜は落ち込んでいたのに、すっかり立ち直ったみたいだ。

「千鶴さん、なんだかご機嫌《きげん》ですね。いいことでもあったんですか？」

「わかるかい？　週末、飯塚くんと飲むことになったんだよ」

「おっ、よかったじゃないですか！　ひさしぶりにガンガン飲めますね！」

「ああ。飯塚くんってば、どうしても私と飲みたいんだってさッ！　可愛いところあるよな、彼女！」

しょうがないヤツめー、みたいなテンションである。

千鶴さん、だいぶ落ち込んでいたからよかった……もしかしたら、飯塚さんも気を遣《つか》って誘《さそ》ったのかもしれないな。

「ひさしぶりに早く帰れるんだ。雄也くんも家でゆっくりとくつろぐがいい」

千鶴さんは声をひそめ、ニヤリと笑った。

「愛する葵ちゃんにいっぱい癒《いや》してもらっておいで」

「なっ……か、からかわないでくださいよ」

「からかってないさ。君への一番のご褒美《ほうび》は葵ちゃんかな、と思っただけさ」

それにね、と千鶴さん。

「葵ちゃんへの一番のご褒美も、雄也くんと過ごす時間だろうからね。覚悟《かくご》しておくといい」

そう言って、千鶴さんは楽しそうに笑った。

葵も俺と同じ気持ちだという意見はわかる。

ただ「覚悟しておくといい」ってどういう意味だ？

千鶴さんは社員旅行のときに酷《ひど》い伏線《ふくせん》を回収した前科がある。不安になるから意味深な発言は控《ひか》えてほしい。

「あの……社員旅行のときみたいに、俺に何か仕掛《しか》けました？」

「いや。仕掛けるのは私ではない。葵ちゃんだ」

「そのノットAバットB構文、旅行中に伏線を張ったときと同じ言い方だなぁ⁉」

あのとき、千鶴さんは「私は一発を演出するに過ぎない。一発をかますのは君だ」と伏線を張り、ホテルで見事に回収した。

まさか、あの悪夢が再び蘇《よみがえ》ろうとしているというのか……！

「お疲れ様、雄也くん」

「は、はい……お先に失礼します」

俺は伏線の魔術師《ちづるさん》によるフラグに怯《おび》えつつ退社した。

ああ……ただ俺をからかっているだけでありますように！

◆

電車に揺《ゆ》られている間、俺は葵とメッセージでやり取りをしていた。

放課後、葵は瑠美と駅ビルへ買い物に出かけたらしい。バイト代が入ったと言っていたし、頑張った自分へのご褒美でも買ったのだろう。

葵はもうすでに帰宅していて、今は晩ご飯の支度をして俺の帰りを待っているという。

美味しい料理を食べながら、葵と食卓《しょくたく》を囲む至福の時間……千鶴さんの言うように、これ以上ないご褒美だ。

しばらくして、最寄《もよ》り駅に到着《とうちゃく》した。電車を降り、人の流れに身を任せて駅の改札へと向かう。

改札を抜け、駅を出たところで葵から電話があった。

「もしもし」

『あ、雄也くん。お仕事お疲れ様です。今どこですか？』

「ちょうど駅を出たところだよ。寄り道せずに真《ま》っ直《す》ぐ帰るね」

『本当ですか？　よかった、間に合いました……駅のどこです？』

「えっ？　コンビニの辺りだけど……」

『コンビニ……あ、見つけました』

すると、唐突《とうとつ》に通話が切れた。

見つけたって、まさか……。

「雄也くん！」

声のする方に顔を向ける。

制服姿の葵が手を振りながらこちらに走ってきた。俺の前で止まり、ふぅと白い息を吐く。

「お疲れ様です」

「葵。夕飯の支度をしていたんじゃないの？」

「急いで終わらせてきました。心配には及《およ》びません」

「えっと……もしかして、俺を迎《むか》えに来てくれたの？」

「はい。少しでも長い時間、雄也くんと一緒《いっしょ》にいたくて」

駅からマンションまでそう遠くない。徒歩で十分程度だ。そのわずかな時間ですら待ちきれなくて、会いに来てくれたのか。

「今夜は雄也くんのこと、独《ひと》り占《じ》めしちゃいますから」

「なっ……！」

「ふふっ。逃《に》げちゃだめですよ？」

そう言って、葵は俺の手を握《にぎ》った。

葵は少し天然なところがある。今の発言も「ひさしぶりの早い帰宅なんですから、たくさんお話ししましょうね」くらいの意味だ。

だが、「今夜は独り占め」なんて言い方をされたら、冗談でもドキドキしてしまう。

「……ぜーんぶ無自覚なんだよなぁ」

「え？　何か言いましたか？」

「葵は可愛いねって言ったの」

「あ、また誤魔化《ごまか》しましたね？　ずるいです。何て言ったんですか？」

「嘘《うそ》じゃないよ。そんなことより、家に帰ろう。葵の晩ご飯が楽しみで、急いで退社してきたんだから」

「ふふっ。雄也くんったら子どもみたい……って、誤魔化しても無駄《むだ》です。雄也くんが脈《みゃく》絡《らく》もなく『可愛い』というときは、だいたい誤魔化しているときですから。私、知っているんですからね？」

ぷくーっと頬《ほお》をふくらませ、俺を見上げるように睨《にら》む葵。その顔がおかしくて、つい笑ってしまう。

「雄也くん。真面目に聞いているんですか？」

「あはは。ごめん、つい」

「むっ。これは話し合いが必要です。帰り道はお説教ですからね！」

「えっ⁉ お、お手柔《てやわ》らかにお願いね……」

葵に小言を言われながら帰路につく。

隣を見れば、優《やさ》しい言葉で細かいところを口うるさく注意してくれる葵がいる。

……やっと元の生活に戻ってきたんだなぁ。

年下の婚約者《こんやくしゃ》に叱《しか》られながら、愛《いと》しい日常を実感するのだった。

◆

「晩ご飯が豪華《ごうか》すぎる……！」

テーブルに並べられた夕食を見た第一声がそれだった。

ハンバーグはふっくらしていて、ソースには照りがある。付け合わせのナポリタンはくるくると渦《うず》を巻き、とても見栄《みば》えがいい。エビフライは衣《ころも》がパリパリに見える。しかも、かなり大きい。サラダには人参《にんじん》、レタス、パプリカ、レッドキャベツなどが盛られており、色彩《しきさい》豊かだ。

「フライドポテトとウインナーまである……」

大人の舌を唸《うな》らせる、夢のお子様ランチレベル１００みたいな献立である。めちゃくちゃ美味しそうだ。

「ふふっ。張り切って料理したら、ちょっと作り過ぎちゃいました。雄也くん。いっぱい食べてくださいね？」

「もちろんだよ。いただきます」

ハンバーグに箸《はし》を入れると、肉汁《にくじゅう》がじゅわっと溢《あふ》れ出した。あまりにも美味しそうなので、おもわずごくりと喉《のど》が鳴る。

ハンバーグを口に入れる。柔《やわ》らかい歯ごたえだった。奥歯《おくば》で噛《か》むと、肉の旨《うま》みが舌を包み込んでいく。

「うっま！　これいつもとお肉が違《ちが》うんじゃ……？」

「今日は特別な日ですから。ちょっと奮発しちゃいました」

「特別な日か……」

二人で晩ご飯を食べるの、ひさしぶりだもんな。葵が気合いを入れて料理をしたのもわかる気がする。

「葵。ここ数日は寂しい思いをさせてごめんね」

「謝《あやま》る必要はありません。雄也くんは一生懸命《いっしょうけんめい》お仕事をしたんですから」

葵は笑顔でそう言った。

今日はいつも以上にご機嫌に見える。鏡を見れば、きっと俺もニコニコしているのだろう。

「雄也くん。冷めないうちに食べましょう」

「そうだね……うん。エビフライも身がぷりぷりで美味しいよ」

晩ご飯を食べつつ、たくさんのことを話した。

ここ数日間の職場でのこと。学校のこと。アルバイトのこと。話題は尽《つ》きることなく、ゆったりと温かい時間が流れていく。

食後も葵と一緒だった。今まで会えなかった時間を取り返すように、俺たちは他愛《たあい》もない話でも盛り上がる。

二人でソファーに座って話していると、突然《とつぜん》、葵が立ち上がった。

「ちょっと部屋に行ってきます」

「すぐ戻ってきますから」と言い残して、葵は自室に入っていった。

手持《ても》ち無沙汰《ぶさた》になり、スマホを見る。時刻は午後九時だ。あれだけ話しても、まだこの時間なのか。やっぱり定時帰宅はいいな。

今日一日、葵はずっと笑顔だ。料理も豪勢《ごうせい》だったし、俺と一緒に晩ご飯を食べるのを楽しみにしていたんだなとしみじみ思う。

……葵、まだ戻ってこないな。何しているんだろう。

視線を葵の部屋に向けたとき、ちょうどドアが開いた。

「お待たせしました」

葵は照れくさそうにこちらに近づいてくる。

彼女の姿を見た俺は絶句した。

葵は黒いミニのメイド服姿だった。レースがあしらわれており、フリフリで可愛《かわい》い。その上には白いエプロンを着ている。脚《あし》はニーソックスに包まれており、ガーターベルトが太ももからスカートの奥へと伸《の》びている。

以前、葵が着ていたバイト先の制服とは全然違う。ご主人様を誘惑《ゆうわく》するようなセクシーさがある、小悪魔《こあくま》メイド衣装《いしよう》だ。

葵は俺の前に立ち、くるっとその場でターンした。

「ふふっ。びっくりしました？」

「……すごく驚《おどろ》いたよ。その衣装、俺のために用意してくれたの？」

「はい。量販店《りようはんてん》で買ったんです。バイトの制服は写真でしか見せることができなかったので……雄也くんはメイド服が大好きだから、ちゃんと見せてあげたかったんです」

その言い方は語弊《ごへい》があるのでやめてほしいが……葵のメイド服姿にドキッとしたのは事実なので訂正《ていせい》できない。

……葵の着ている小悪魔メイド衣装は端的《たんてき》に言ってエロい。スカートとニーソックスの間にある、剥《む》き出しの白い太もも。さらにはガーターベルトのおまけ付き。その組み合わせは男を惑《まど》わす反則コンボでしかない。

ふと顔をあげる。

葵は顔を赤くして、もじもじしながらスカートの裾《すそ》を押《お》さえた。

「雄也くん。あまり脚ばっかり見ちゃ駄目《だめ》です。その、恥《は》ずかしいので……」

「あっ。ご、ごめん」

慌てて謝るが、もう遅《おそ》い。

葵は半眼でじーっと俺を見つめている。

「雄也くんは時々えっちです。めっ、ですよ？」

「すみませんでした……」

「もう……ふふっ。でも、よかったです。喜んでもらえたみたいで」

葵は照れくさそうに笑い、俺の隣に座った。

「普段《ふだん》の葵と違うから緊張《きんちょう》しちゃうな……」

「ふふっ。サプライズはまだ終わりませんよ？」

そう言って、葵はエプロンのポケットから小さな黒い箱を取り出した。

この箱、なんだろう？

不思議に思っていると、葵は優しい笑《え》みを浮《う》かべた。

「雄也くん！　お誕生日おめでとうございます！」

「……えっ？」

「誕生日って……ああっ！」

そうだよ。今日は俺の誕生日じゃないか。ここ数日はバタバタしていて、すっかり忘れていた。

ふと今朝の会話の違和感《いわかん》を思い出す。

俺が今日で残業は終わると伝えたとき、葵は「間に合ってよかったです」と言っていた。

あれは「納品が誕生日に間に合ってよかったです」という意味だったのか。

いきなりメイド服に着替《きが》えてきたから驚いたけど、あれも誕生日のサプライズだったようだ。

葵は俺の顔を見てくすくすと笑っている。

「ふふっ。雄也くんのその顔。『忘れてたー！』って顔ですね？」

「うん。俺、二十五歳《さい》になっていたみたい」

「もう。うっかりさんなんですから」

「あはは。最近は葵のことばかり考えていて、自分のことは二の次だったから」

「なっ……きゅ、急に変なこと言わないでください。ばか」

葵は俺の肩《かた》にちょんと頭突《ずつ》きをした。照れ隠《かく》しをしているのがバレバレである。

「これ、雄也くんに誕生日プレゼントです。今日、瑠美さんと一緒に選びました。メイド服もそのときに買ったんです」

「それで放課後は瑠美ちゃんと出かけたんだね……ありがとう」

礼を言い、葵からプレゼントを受け取った。

あらためて箱を観察してみる。英字でブランド名が書かれているだけのシンプルなデザインの箱だ。

もしかして、高価なプレゼントだったりするのだろうか。お小遣《こづか》いはあげているが、かなり節約しないと買えなかったのでは？

いや……ちょっと待て。

「葵。もしかして、短期でアルバイトをした本当の理由って……」

「あ。それ聞いちゃうんですか？　雄也くん、デリカシーがないです」

「ご、ごめん」

「ふふっ。お察しの通りです。雄也くんの誕生日を祝ってあげたくてバイトをしたんです。お料理も、プレゼントも、お小遣いじゃなくて自分のお金で用意したかったんです」

「葵……」

不意に胸の奥と目頭《めがしら》が熱くなる。

初めてのバイトに挑戦《ちょうせん》して、内緒《ないしょ》でこんなに素敵《すてき》なお祝いをしてくれるなんて……嬉しすぎるよ。

「以前、雄也くんにサプライズをするって宣言しましたから。驚いてくれましたか？」

「すごく驚いたよ。感動してちょっと泣きそうだ……」

「そ、そこまでですか？」

「うん。このプレゼントには、葵の気持ちがすごくこもっているから……ねえ。開けてもいい？」

「はい。どうぞ」

包装リボンを解き、箱を開ける。

中に入っていたのはレザーの名刺《めいし》入れだった。茶系の落ち着いた色合いで、ワンポイントでロゴが入っている。高級感があってかっこいい。俺好みのデザインだ。

「雄也くんの名刺入れ、年季が入っていましたから。明日からはこれを使ってください」

以前、葵に名刺入れがボロボロだと指摘《してき》されたことがあった。あのときにプレゼントのアイデアを閃《ひらめ》いたのかもしれない。

「これ、すごくオシャレだね。気に入っちゃった」

「本当ですか？　よかったです。そんなに高価な物ではないですが……」

「値段じゃないよ。葵の気持ちが嬉しいんだ。俺の誕生日を祝うために、たくさん準備してくれたことがさ」

「雄也くん……」

「あー、なんかテンション上がってきた！　明日から多めに名刺を配ろう！」

「ふふっ。なんでそうなるんですか。相手に迷惑《めいわく》ですよ」

「それだけ嬉しいってことだよ。本当にありがとね」

葵の頭を優しくなでる。

すると、触《ふ》れた途端《とたん》に葵の表情に変化が生じた。

先ほどまで笑顔だったのに、次第《しだい》に蕩《とろ》けるような表情になっていく。扇情的《せんじょうてき》な目つきが妙《みょう》に色っぽくてドキッとする。

「……雄也くん」

甘《あま》い声が葵の口から漏《も》れた。

俺の太ももに、そっと手を置く葵。くすぐったくて、体がびくんと震《ふる》えた。

葵はそのまま体を寄せて、ぴったりくっついてくる。

「……甘えたくなっちゃったの？」

「だめ、ですか？」

上目づかいでおねだりされた。

今日は特別な日。

ひさしぶりに恋人《こいびと》と一緒に過ごせる夜。

だから、どれだけ甘えてもいいんだ。

俺は葵の肩に手を回した。

「いいよ。おいで、甘えんぼさん」

「……ずっと寂《さび》しかったんですよ？」

「うん。俺もだ」

「……私、雄也くんがそばにいないと、だめになっちゃいました」

その可愛い一言にくらっとくる。そんな男を喜ばせるような言葉、どこで覚えたんだよ。

かろうじて理性を保つ俺に、葵の追撃《ついげき》が待ち受けていた。

「……雄也くん。大好きです」

葵は静かに立ち上がった。

そして、俺の太ももの上に乗り、ぺたんと座る。

「へっ……？」

葵の予想外の大胆《だいたん》な行動に、おもわず変な声が漏れた。

メイド服のスカートが花弁のように広がっている。彼女《かのじょ》の太ももとおしりの感触《かんしょく》がやけに生々しいのは、スカート越《ご》しではないからだ。

腰《こし》に手を回して抱《だ》きついてきたところで、はっと我に返る。

「葵。さすがにくっつきすぎだ。甘えてもいいけど、少し離《はな》れて？」

「いやです。さっき『いいよ』って言ったもん」

むぎゅ、と身体を密着させる葵。胸が当たっているとか、そういうレベルではない。全身が葵の柔らかい体に包まれている。

「今夜だけは許してください。本当に……泣いちゃうくらい、寂しかったんです」

葵の唇《くちびる》から、ぽろっと本音がこぼれ落ちる。

葵は残業に追われる俺を応援《おうえん》してくれた。愚痴も文句も言わずに、いっぱい我慢《がまん》してニコニコしていた。

……この体勢はどうかと思うけど、お願いは聞いてあげるべきなのだろう。

俺は再び葵の頭をなでた。

「ごめんなさい、雄也くん。私、今ワガママを言っています」

「ワガママなんかじゃない。葵はずっと俺を支えてくれたでしょ？　俺はすごく感謝しているんだ。少し甘えるくらい当然の権利だよ」

「雄也くん……ありがとうございます」

　ですが、と葵。

「『少し甘えるくらい』では足りないかもしれません」

「えっ？」

「今夜は……いっぱい甘えるもん」

　葵は俺《おれ》を抱きしめる手に力を込《こ》めた。

「会える時間が減って、あらためて感じました。私、雄也くんのこと好きです。どうしようもないくらい大好きなんです」

「ちょ、恥ずかしいから。もうそのへんで……」

「やだ。甘えるって決めたもん」

　普段は敬語なのに、今日はたびたび語尾《ごび》が「もん」になっている。超甘《ちょうあま》えんぼモードの葵はとてつもなく可愛く、そして手強《てごわ》い。

「授業中も。一人でお料理しているときも。お風呂《ふろ》に入っているときも。アルバイトの休憩《きゅうけい》時間も。ずーっと雄也くんのことを考えていました。私、雄也くんのことが好き過ぎておかしくなっちゃったんです。どうしてくれるんですか」

　葵の告白は「ばか」とお馴染《なじ》みの文句で締《し》めくくられた。

砂糖菓子《がし》のような甘い言葉。柔らかすぎる胸と太ももの感触。火照《ほて》る葵の体温。鼻腔《びこう》をくすぐる女の子の香り。葵の大胆な甘え攻撃《こうげき》に、俺はたじたじだった。

そして千鶴さんが張った「葵が仕掛ける」という伏線の意味をようやく理解した。あれは葵がいつも以上に甘えてくるから覚悟しろって意味だったのか……って、わかるわけがないでしょ。この状況《じょうきょう》を予測できる千鶴さん何者だよ。

「雄也くん。どうかしましたか？」

葵は顔をあげ、潤《うる》んだ瞳《ひとみ》で俺を見た。

「あ、いや。ちょっと考え事してた」

「だめです。もっと真剣《しんけん》に私を甘やかしてください」

「し、真剣に？　いったいどうすれば……」

「よそ見しちゃだめです。私の目を見てお話しして？」

葵は俺の顔をじっと見つめてきた。蕩けるような彼女の表情は、まるで恋人の愛情を求めているような大人の色気がある。

葵はまだ女子高生。

こんなに甘えられても、大人の関係になることはできない。

俺の理性よ。葵を愛しているのなら耐《た》えるのだ……！

「雄也くん。私、すごくドキドキしています。こんな大胆なことしちゃって……悪い子になっちゃいました」

「な、何言ってるの……あのさ。少し顔が近くないか？」

「もっと近くてもいいくらいです」

「いや、それはさすがに……」

「ふふっ。今日の雄也くんはたじたじですね」

「うぐっ。さてはからかってるな？」

「いいえ。甘えているだけです。今日はワガママな女の子になるって決めたから」

そう言って、葵はふにゃりと幸せそうな笑みを浮かべた。

「雄也くん。大好きです」

「うん……俺も大好きだよ」

そっと優しく抱き返す。

葵の小さな唇から「んっ」と艶《つや》っぽい吐息《といき》が漏れた。

甘えていいと言った手前、逃げ出すこともできない。俺は葵の頭をなでながら、あまあま攻撃を浴び続けることしかできなかった。

「……こういうことするの、子どもっぽいですか？」

「えっと……今夜は子どもっぽくてもいいんじゃない？　特別な日なんだから。甘えるって決めたんでしょ？」

「そうですよね……だから、こういうことをしてもいいはずです」

「こういうことって……ちょ、葵⁉」

葵は俺に頬ずりしてきた。

ふわふわほっぺの柔らかい感触。耳にかかる熱を帯びた吐息……俺はもうノックアウト寸前まで追い込まれていた。

「なんだか胸が苦しいです……雄也くんのせいですよ？」

「お、俺のせい？」

「はい。私、ドキドキして……悪いことばっかり考えちゃってます」

「……たとえば、どんなことを？」

聞かなければいいのに、うっかり欲に負けてそんな質問をしてしまった。

葵は蠱惑的《こわくてき》な笑みを浮かべ、恥ずかしそうに唇を震わせる。

「……雄也くんが気持ちよくなっちゃう、とっても悪いことです」

無自覚か。

それとも狙《ねら》ってやっているのか。

わからないけど、葵の言葉と声音《こわね》は妙にエロかった。

これ以上はさすがに……くっ！　負けるな、俺の理性！

悶々《もんもん》としながら、葵をめいっぱい甘やかすのだった。

◆

翌朝を迎えた。

俺は自室でスーツに着替えながら昨日のことを思い出していた。

あのあと、葵は俺のことをいかに好きなのかを延々と語っていた。「雄也くんのすごいところは、口下手な私の気持ちを察してくれるところです」とか「大人っぽくて、優しくて、かっこいいです」とか。他にも言っていたが、思い出すと恥ずかしくて死ぬからやめておこう。

……どうやら葵の言う「悪いこと」とは、「俺を褒《ほ》めて照れさせる、からかいの波状攻撃」のことだったらしい。たしかに褒められて「気持ちよかった」けど、「悪いこと」のスケールが小学生レベルである。

俺はてっきり葵が大人の階段を上ろうとしてくるのかと思い、断固として止める決意だったのに……紛《まぎ》らわしい発言をしないでほしい。

もし本当に葵に迫《せま》られたら、キッパリと拒否《きょひ》して、きちんと話し合わなくてはならない。

そう心に誓《ちか》うのだった。

「まったく。あんなに甘えてくるなんて思わなかったよ……」

鏡の前で頬に触れる。頬ずりされた感触がまだ残っていて、なんだかこそばゆい。

着替《きが》えを終えて自室を出ると、制服エプロン姿の葵と目が合った。

「お、おはようございます……」

葵は顔を赤くしてもじもじしている。

「おはよう、葵。どうかした？」

「あの、昨日は見苦しいところを見せてすみません。さすがに甘え過《す》ぎでした。恥ずかしいこともいっぱい言ってしまいましたし……」

両手で顔を隠して「うー」と唸る葵。俺と同じように昨日のことを思い出していたらしい。

葵の反応が可愛くて、おもわず頬が緩《ゆる》む。

「気にしないで。俺は恥ずかしい葵がいっぱい見られて幸せだったから」

「もう！　すぐからかう！」

葵は俺の胸をぽかぽか叩《たた》いた。

これもまた、愛おしい日常に戻《もど》ってきたから見られる一幕である。

今日も残業はない。葵と食卓を囲み、晩ご飯が食べられる。

他人からしたら些細《ささい》な幸せかもしれないけど。

俺にとっては、最大の幸福だ。

「あははっ。今日はいい朝だなぁ」

「何笑っているんですか！　雄也くんの朝ご飯は抜《ぬ》きですからね！」

「なんで⁉」

「意地悪だからです！」

「わ、悪かったって。ごめん、このとおり」

「つーん、です」

ぷいっとそっぽを向く葵。昨日はいっぱい甘えてくれたのに、今日はつんつんしている。

どうにか機嫌を直してもらおうと考えていると、不意に葵は笑った。

「もう。最近の雄也くんの頑張《がんば》りを見て、尊敬し直していたところだったんですよ？」

「えっ？　どういうこと？」

「お仕事のことです。困っている人に手を差し伸べたり、同僚《どうりょう》から頼《たよ》られたり……私も雄也くんみたいな大人になりたいなって思ったんです」

そこまで言って、急にむすっとした顔になる。

「私、雄也くんに憧《あこが》れているのに……家だと意地悪なのは減点です」

「ごめんって。葵の反応が可愛いから、ついからかいたくなっちゃうんだ」

「なっ……なんですか、それ。好きな子にちょっかいだす小学生じゃないんですから」

葵は「ばか」と言って俺を半眼で睨んだ。気をつけようとは思うんだけど、照れる葵の顔が好きだから自制するのが難しいんだよなぁ。

それにしても……憧れている、か。

俺の目標はあくまで千鶴さんだ。たしかに少しは頼られるようにはなったけど、理想には程遠《ほどとお》い。未熟な自分が誰《だれ》かの憧れになれるだなんて思わなかった。

だから、葵にそんなふうに思ってもらえるのは嬉《うれ》しかった。

ふと葵と進路の話をしたときを思い出す。

将来の夢が見つからず、どの学部を選んだらいいか悩《なや》んでいたようだけど……ほんの少しだけ、道が拓《ひら》けたのかもしれない。

「葵はさ。誰かのために頑張ったり、みんなから信頼《しんらい》される人になりたい？」

「そうですね。そういう大人は素敵だと思います」

「じゃあ、『頼られる大人になる』っていう夢ができたね」

人から頼られる社会人なんて世の中にいっぱいいる。職業だってみんなバラバラだ。

「叶《かな》えたい夢」と呼ぶには漠然《ばくぜん》とし過ぎている。

でも、進路に悩んでいる葵にとっては価値のある夢だ。

強い憧れは、具体的な将来への道を示す一筋の光になると思うから。

「夢、ですか……ふふっ。そうかもしれませんね」

そう言って、葵は微笑《ほほえ》んだ。

彼女の優しい笑顔《えがお》に見惚《みと》れていると、テーブルの上にある葵のスマホが振動《しんどう》した。

「こんなに朝早くから誰でしょうか……」

葵は俺から離れ、スマホを手に取った。

「瑠美さんからです……えっ？」

訝《いぶか》しげにスマホを見つめる葵。眉間《みけん》に皺《しわ》を寄せ、難しそうな顔をしている。

何か問題が発生していそうな反応だな……大丈夫《だいじょうぶ》か？

「瑠美ちゃん、なんだって？」

「その……よくわからないんです。これ見てください」

葵は俺にスマホを見せた。

そこには瑠美からのメッセージが表示されている。

『どうしよう、葵っち！　春休みが滅亡《めつぼう》の危機なんだけど！』

「春休みが滅亡……？」

たしかに、よくわからないな。瑠美の春休みがなくなるって意味だろうけど、どうしてそんな事態になるんだ？

悩んでいると、続けてメッセージが表示された。

『隠していた去年のテストの答案用紙、ママに見つかっちゃってさぁ。ママ、超怒《おこ》ってるの！　次のテストで平均点を取らないと入塾《にゅうじゅく》させられて、春期講習に毎日通うことになっちゃうよぉ！』

以前、葵の授業参観に行ったとき、瑠美のママさんと会話をしたことがある。上品で優しそうな人だった。あの人がそこまで厳しく怒るってことは、よほどテストの点数が悪かったのかもしれない。

スマホが鳴り、メッセージが追加される。

『というわけで、葵っち先生！　あたしに勉強おしえてー！』

そして、最後に泣いている犬のスタンプが付け加えられた。

葵と目が合う。

お互《たが》い、言いたいことは同じなのだろう。俺たちは同じタイミングで笑った。

「あはは。早速《さっそく》、友達から『頼られてる』ね」

「ふふっ。瑠美さんには困ったものです。日頃《ひごろ》から授業の復習をしなさいと言っているんですが、全然聞かないんですよ」

小言を言いつつ、葵はスマホにメッセージを打っている。

「勉強会、開いてあげなきゃ」

葵の横顔は、瑠美に頼られたから妙に嬉しそうで……ちょっぴり誇《ほこ》らしげに見えたのだった。

あとがき

以前、担当編集様とこんな感じのやり取りがありました。

――二巻刊行決定後、打ち合わせにて。

上村「担当さん！　二巻はこの内容でいきたいと思います！」
担当「わかりました。上村《うえむら》さんは男女のイチャイチャを無限に書ける作家さんだと思うので、今回もそんな感じでいきましょう！」
上村「私が……無限にイチャイチャを書ける作家……？」

この言葉は私の背中を押してくれました。
これは「作品のコンセプトと、己の作家性を信じて突き進め！」というアドバイス……
私はそのように解釈し、筆を執りました。その結果、二巻は一巻よりも甘いラブコメに仕上がったんじゃないかな、と自負しています。

というわけで、皆様こんにちは。『無限イチャイチャ』の上村夏樹《なつき》です。今後はこの『無限イチャイチャ』の二つ名が定着するように活動してまいります（誰かこいつを止めろ）。

さてさて。今回のあとがきは四ページという大ボリューム。私は今まで二ページのあとがきしか書いたことがなかったので、ワクワクしております。

なお、残りのページで本編の見どころを説明しようかと思います。若干のネタバレがありますので、あとがきから読む派の読者さんはご注意ください。

では、本編について少しだけ触れていきます。

今回は葵《あおい》と雄也《ゆうや》、二人の成長を描きました。

甘えベタな葵が、雄也に甘えられるようになったこと。そして、ときには甘えることを我慢して彼を支えられるようになったこと。この二つが一巻よりも成長した部分かな、と思います。

雄也は主に「過去の自分」と比較した成長が描かれています。くたびれサラリーマンを卒業し、憧れの存在である千鶴《ちづる》さんに近づけたか。そして、幼い頃の葵が憧れた雄也――「かっこいい年上のお兄さん」になれたかどうか。その二点が今回の注目ポイントでしょうか。

もちろん、この作品の特徴である『甘々な年の差同棲ラブコメ要素』もパワーアップしています。二人の成長、そして甘い同棲ライフを送る彼らをニヤニヤしながら見守っていただけたら幸いです。

特に葵は雄也に遠慮なく甘えますので、胸焼け必至の無限イチャイチャパラダイスをご堪能ください。

あと見どころと言えば、瑠美《るみ》の彼氏も登場します。一巻で彼氏の存在はほのめかしていたのですが、今回が初登場ですね。口絵にも登場しているので、ぜひご覧になってください。

あの性格のいい可愛いギャルの彼氏は、いったいどんな男の子なのか……こちらもお楽しみに！

千鶴さんも相変わらずハチャメチャですが、仕事のデキる上司っぷりは健在。飯塚《いいづか》さんも悩める雄也をサポートします。大人の女性組の活躍にも目が離せません。

余談ですが、実は私、千鶴さんがお気に入りキャラだったりします。

美人でユーモアがあり、上司としてもかっこいい。それでいて酒豪だったり、年齢と恋愛話NGなど、少々面倒くさい性格をしています。プラスとマイナスの個性のバランスが程よく、いろいろな一面を作者の私にも見せてくれるので、書いていて楽しいです。葵みたいに、素敵な人と出会ってほしいですね！

以下、謝辞です。

担当編集者様。いつも的確なアドバイスをありがとうございます。葵が進路で悩むくだりは、担当様の助言ですごくよくなりました。今後もよい作品を一緒に作っていきましょう！

イラスト担当のParum先生。今回も魅力的なキャラクターを描いてくださり、ありがとうございました。このあとがきを書いている段階では、表紙と口絵を拝見しています。葵の制服エプロン姿、メイド服姿、お風呂ハプニング……どれも可愛くて最高でした！

校正、デザインなど、本著に関わってくださった皆様、本当にありがとうございました。今回も最高の形でこの作品を出版できたのは、皆様のお力添えあってこそ、です。

最後に読者の皆様へ。

本作をお読みいただき、ありがとうございました！

HJ文庫 https://firecross.jp/
1104

くたびれサラリーマンな俺、7年ぶりに再会した美少女JKと同棲を始める2

2023年8月1日　初版発行

著者――上村夏樹

発行者―松下大介
発行所―株式会社ホビージャパン

〒151-0053
東京都渋谷区代々木2-15-8
電話　03(5304)7604（編集）
　　　03(5304)9112（営業）

印刷所――大日本印刷株式会社

装丁――AFTERGLOW／株式会社エストール

ISBN978-4-7986-3241-4　C0193

ファンレター、作品のご感想お待ちしております

〒151-0053　東京都渋谷区代々木2-15-8
(株)ホビージャパン HJ文庫編集部 気付
上村夏樹 先生／ Parum 先生

最強英雄と無表情カワイイ暗殺者のラブラブ新婚生活 1

著者／アレセイア
イラスト／motto

最強英雄と最強暗殺者のイチャイチャ結婚スローライフ

魔王を討った英雄の一人、エルドは最後の任務を終え、相棒である密偵のクロエと共に職を辞した。二人は魔王軍との戦いの間で気持ちを通わせ、互いに惹かれ合っていた二人は辺境の地でスローライフを満喫する。これは魔王のいない平和な世の中での後日譚。二人だけの物語が今始まる！

発行：株式会社ホビージャパン